彩瀬まる

桜の下で
待っている

目次

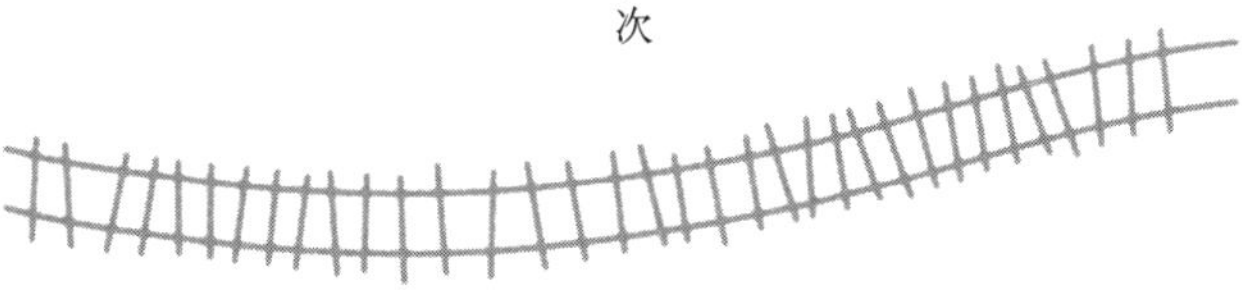

桜の下で待っている

装丁　名久井直子
装画　浦上和久

モッコウバラのワンピース

ホームにすべり込んできた新幹線は洗ったばかりのように輝いていた。

駅内のスタバで買ったキャラメルフラペチーノのトールサイズを手に、智也は自由席の車両へ乗り込んだ。通勤の時間帯を過ぎたこともあって、乗客の姿はまばらだ。防水加工のメッセンジャーバッグを荷物棚へ押し上げ、窓側の席に腰を下ろす。

円みを帯びた硝子《ガラス》窓に、自分の顔が映った。ぼさぼさに伸びた茶髪が寝癖で跳ねている。目尻がつり上がった奥二重の目は、自分でも少し険があると思う。鼻のかたちは相変わらず気にくわないし、唇は微妙に右の口角の方が高くて歪《ゆが》んでいる。この顔をずっと至近距離で見続けるとは、どんな気分だろう。

しかめっ面の向こうで東京駅のホームがゆっくりと後ろへ流れ、遠ざかった。車内の電光掲示板がオレンジ色の文字を流して停車駅を告げる。上野《うえの》、大宮《おおみや》、宇都宮《うつのみや》。さらには郡《こおり》山《やま》、福島《ふくしま》、仙台《せんだい》と続き、その先にも多くの駅名を挟んで最後には岩手《いわて》県の盛岡《もりおか》まで。この電車はずいぶん遠くまで行くのだ、と改めて思う。千葉《ちば》生まれで千葉育ちの智也《ともや》は、修学旅行で訪れた栃木県《とちぎ》の日光市《にっこう》よりも北の地域にはこれまでまったく縁なく過ごしてきた。

このまま降車予定の駅を乗り過ごしてぼうっとシートに座り続けるだけで、知り合いの一人もいない見知らぬ肌寒い町に、簡単に行けてしまうのだと思うと、足元のそわつくような心細さとともに淡い喜びがこみ上げてくる。

けれど、小一時間後、自分はつつがなく予定の駅で降りるのだろう。そんな確信に多少のつまらなさを感じながら智也は耳へイヤホンを差し込み、音楽を流した。

コーヒーの香りがして間もなく、席の真横を車内販売のワゴンが通りすぎた。春だからだろうか。販売員のお姉さんは薄ピンク色のスカーフを、まるで大輪の花がふわりと一つ、首の真横に咲いているかのような結び方をしていた。

あのお姉さんは昨日《きのう》の夜、誰かとセックスしたのだろうか。ベージュ色のストッキングに包まれたふくらはぎを見送り、キャラメルフラペチーノを吸い上げた。強い甘みが喉《のど》へと流れ、舌に残った細かな氷の粒が少し遅れて溶けていく。まばたきのたびによみがえる、膝の下で汗を吸ったシーツがもつれた感触。腰のとんがった部分を撫《な》でると、猫の鳴き声みたいな悲鳴が上がったこと。

バイト、増やそうかなと思ってて。

ダブルベッドの真ん中で体育座りをして、ジュースみたいな苺《いちご》味の酎ハイを飲みながら、心美《ここみ》はふわふわとした口調で言った。ふうんと頷《うなず》き返す自分の声は、彼女のそれよりもさらにふわふわと、頼りなかったと、思う。

賑《にぎ》やかなギターストリングスが多用されたJ-POPの向こう側から、まもなく上野、と車内アナウンスが響いた。時折車窓をよぎる桜の枝は、もうほどんど花を落として赤茶けている。初夏と言うにはまだ弱い、眠気を誘う薄明るい日射《ひざ》しに肌を温められ、智也はゆっくりとまばたきをした。

ここしばらくレポートで根を詰めていたせいか、首筋がかゆい。季節の変わり目はちょっとした疲れや寝不足ですぐにじんましんが出る。子供の頃からの悩みだ。むずがゆい箇所を爪でこする。一緒にいるときに肌を掻《か》くと、心美はだめだよ、と眉をひそめる。ぼろぼろになっちゃうじゃない。優しい声で叱られるたび、胸がほのかに甘くなる。

うたた寝を繰り返すうちに大宮を通りすぎ、宇都宮のアナウンスで跳ね起きた智也は慌てて荷物棚のバッグをつかんだ。扉が閉まる寸前で新幹線を飛び下り、ほっと胸を撫で下ろす。水を流したようななめらかさで乗客が下り階段に吸い込まれていくホームから、低いビルがまばらに並んだ地方都市の町並みを見渡した。

十年前には縁もゆかりもなかったこの地で、今年六十七歳になる智也の祖母が一人暮らしをしている。

あの時ばあちゃんを栃木なんかに行かせなければ、は、いまだに母方の親族が酔った時に口にする決まり文句だ。宇都宮餃子《ぎょうざ》の食べ比べと苺の摘み放題がセットになった、日帰りのバスツアーだったらしい。三十代の後半で一回り年上の伴侶を心筋梗塞で亡くし、それ以来、四人の子供を女手一つで育ててきた祖母にとって、旅行は日々の疲れを忘れられる唯一の趣味だった。特に子供らが成長して手が離れるようになってからは、月に一度のペースで日本のあちこちに出かけていたという。

十年前、その栃木県内を巡るツアーに参加した祖母は、宇都宮市内で設けられた自由時間に一人で付近の散策に出かけた。知らない町を歩き回るのが好きだった。古い木造家屋が並ぶ通りを気ままに進み、軒から零《こぼ》れた初夏の花を愛《め》でて回る。そのうちに、鼻先をぽつりと水滴が濡《ぬ》らした。気が付けば、空には灰色の雨雲が広がっていた。

まあ、それほどひどくはならないだろう。適当な店で傘《かさ》を買うか、喫茶店に入ればいい。そうたかをくくって歩き続けるも、雨足は次第に速くなった。髪を濡らす水滴が重さを増し、地肌までじわりと染み入ってくる。町並みが白い糸のような雨で覆われて、いよいよ祖母は焦った。

立て札によると、宇都宮城の一部を公園として復元するとか、そんな大規模な工事をしている通りに出てしまったようで、歩いても歩いてもビニールシートに覆われた建造物が終わらない。コンビニも喫茶店も見当たらず、予報を見てこなかったため、この雨がただの通り雨なのか、それともこれからますます激しくなってしまうのか、見当もつかない。途方に暮れて町内の案内板の前で立ち止まり、駅の方角を確認していた、その時。

薄い影が体を覆った。大丈夫ですか、と呼びかけられて、祖母はようやく自分が傘を分けられたのだと気づいた。背後には、大きな傘を傾けた見知らぬ男性が立っていた。祖母と同じか、少し上ぐらいの年頃で、顎鬚《あごひげ》を生やした大柄な人だった。

「道がわからなくなりましたか」

問いかけに、祖母はこれ幸いと口を開いた。

「すみません、この辺で、傘を売っているところはありますか」

「傘？　そうですね、少し前までは商店があったんですが……」

男性はゆるりと周囲を見回した。やがて、肩をすくめる。

「よければ、僕の傘をあげましょう」

「いえ、そんな、とんでもない」

「いいですよ、濡れて困る服でもないし。――ああ、だめだな」

男性は傘を見上げて顔をしかめた。祖母もつられて目を持ち上げる。傘は、骨が一本折れてシルエットが歪んでいた。気にせずに使っていたらしい。男性は傘を祖母の手へ渡し、少し待っていてください、と迷いのない声で言った。ぽかんとする彼女を残し、白い雨の中を小走りで駆けていく。

十分後、戻ってきた彼は透明のビニール傘を差していた。

「市役所の地下に売店があったのを思い出したんです。売っていてよかった。せっかくきれいにお洒落《しゃれ》しているのに、女の人が骨の折れた傘を差していたら格好がつかない」

祖母は肌の表面がさあっと温まるのを感じた。旅行の時には気分を切りかえるため、意識して色が鮮やかな服を着るようにしている。けれど、シャツもスカートも数年前にバーゲンで買ったもので、それほど胸を張れるような出で立ちではない。こんな格好で褒《ほ》められるのは気恥ずかしい。けれど、誰かに守られ、大事にされるのはとても、とても、久しぶりのことだった。

祖母の手に買ったばかりの新しい傘を渡し、男性は自分の傘を引き取った。迷子ではないんですね？　と確認するように聞かれ、祖母はこくりと頷いた。もう五十を過ぎているのに、まるで幼い子供になったような気分だ。それじゃあ、と背を向ける男性のシャツの裾を、とっさにつかむ。

「あの、お礼を――……」

それが祖母と、後に祖母と付き合うことになる堀川雄太郎《ほりかわゆうたろう》との出会いだ。智也はこのエピソードの一部始終を母親から耳にたこができるほど聞かされ、今ではこんなちょっとしたドラマのワンシーンみたいな光景が頭に浮かぶようになってしまった。祖母の心情などは母親による当てずっぽうだけど、その後に二人が恋仲になったことを考えれば、あながち間違っていないのではないかと思う。

運命の出会いから三年。身辺を整理した祖母は、長らく文通を続けてきた堀川と同棲する旨を子ども達に告げた。千葉の裕福な家に生まれ、裕福な家に嫁ぎ、生涯をなに不自由なく過ごしてきた祖母が、他県の見知らぬ男の所へ転がり込むという。その知らせに、親戚中がパニックになった。

新幹線のホームを下りた智也は、餃子を模したキャラクターのポスターが貼られた駅構内をぐるりと見回し、そのまま在来線へと乗り換えた。那須塩原《なすしおばら》方面へ数駅揺られ、山に抱かれた静かな駅で降りる。

「切符はこちらへ」と書かれた小箱に乗車券を落として無人の改札口をくぐると、タクシーが一台停《と》まっている他はまるで車が見当たらない閑散としたロータリーが目の前に広がった。遠景にはひたすら青い、のどかな春の山が連なっている。

都会育ちの智也はここへ来るたび、あまりに自分以外の風景が動かなくて、町全体が寒天かなにかの中に閉じ込められているみたいだと思う。駅の周辺は多少なりとも商店が明かりをともしているが、数分も歩けばすぐに国道に行き当たり、馬鹿でかいスーパーとガソリンスタンド、あとは田んぼと畑しかなくなってしまう。

大股でロータリーを抜け、十五分ほど舗装が剝げた田舎《いなか》道を歩くうちに、軒に細かな花をたくさんあふれさせた青瓦の民家に辿《たど》りついた。二階建てでずいぶん古く、壁の塗装が褪《あ》せている上、雨どいや窓枠が錆《さ》びてぼろぼろになっている。

雨戸の開かれた縁側から、居間のテレビがバラエティ番組を流しているのが見えた。智也は庭へ回り、木肌がささくれた床板に尻を預けてスニーカーを脱ぎ落とした。縁側から室内へ上がる。

「ばあちゃん来たぜい」

台所からひょいと顔を出した祖母は、Tシャツにスウェットのパンツという楽そうな部屋着の上に使い古したエプロンを掛けていた。

「ああ、いつも悪いねえ、大丈夫だった?」

「大丈夫って?」

「大学。二年になったばかりで、忙しいんだろう?」

「ぜーんぜん。せっかく免許とったのに、ばあちゃん運ぶぐらいしか運転するあてねえし、練習すんのにちょうどいいや」

居間は、慣れ親しんだ祖母の暮らしの匂いがした。昼食の仕度をする物音を聞きながら平べったい座布団に腰を下ろす。年季が入ったちゃぶ台の天板は醤油差《しょうゆさ》しと爪楊枝《つまようじ》、テレビのリモコン、爪切りと食べかけのスルメイカ、デコポンの皮、無添加塩麹《しおこうじ》のページが開かれた通販カタログといった雑多な品々で散らかっている。智也の母親は正反対で、テーブルの上に余計なものが載っていると落ち着かないタイプだった。しかし智也自身はどちらかというと、祖母が作るこの雑然とした空気の方が馴染《なじ》みがいい。

父も母も働きに出ていたため、小学校時代は下校途中にある祖母の家に立ち寄って夕飯を食べさせてもらうことが多かった。遊びたい盛りの小学生にとって祖母一人孫一人の小さな食卓は多少物足りなくもあったが、口うるさい母もいない、ちょっかいをかけてくる同級生達もいない、放っておかれる、という状況が妙に居心地《いごこち》良くて、好きだったのを覚えている。

慣れた様子で小物を端に押しやり、祖母は揚げたてのコロッケときんぴらごぼうの大皿をちゃぶ台の真ん中に置いた。どちらも智也の好物だ。きゅうりのぬか漬けと卵焼き、白米と味噌汁《みそしる》が続いて豪勢な昼食が始まる。いただきます、と両手を合わせて智也は箸をとった。膝に手を当てて顔をしかめながら、エプロンを外した祖母も向かいの座布団に腰を下ろす。

「今日は診察何時から？」

「三時。若先生の方だから早く終わるよ」

「そっかー。買うものは？」

「米が切れちゃってね。あと、洗剤とビール」

「んじゃ、大《お》っきい方のスーパーに行こうか」

三ヵ月前、祖母はアクセルとブレーキの踏み間違いでガードレールに車をぶつけ、ダッシュボードに足を打ちつけて膝を痛めた。以来、月二回の病院での診察と重量のある生活用品の買い出しに智也の母が、母が行けない時には智也が付きそうことになっている。

食事を終え、皿を洗う祖母を横目にぼうっとテレビを眺めた後、智也はのそのそと畳を這《は》って隣の和室へ向かった。部屋の隅に設置された黒塗りの仏壇には、先ほどのコロッケときんぴらごぼうを一口ずつ小皿に取り分けたものが供えられていた。中を覗《のぞ》くと、智也の祖父の写真、そして堀川雄太郎と金文字で彫り込まれた真新しい位牌《いはい》が並んでいる。

母は何度か挨拶したらしいが、智也が実際に雄太郎に会ったことはない。写真で姿を知っているぐらいだ。両親が親族間の揉《も》め事を思春期の智也に見せたがるはずもなく、騒動が落ちついた後にも、会いに行く際には祖母一人が宇都宮まで出てきて一緒に餃子を食べるといった段取りが多かった。雄太郎が人嫌いで、深い親族づきあいを厭《いと》った節もあったらしい。大柄で、口べたで、生真面目《きまじめ》な人。そんな風に聞いている。

祖母と雄太郎の恋は、はじめからたくさんの波乱を含んでいた。資産家の祖父が祖母に残した、不動産を含むたくさんの財産。それに比べて、配送業に従事する雄太郎がそう裕福ではなかったこと。旅先での、周囲に説明しがたい恋。あの人と暮らしたい、という祖母の告白に親族会議は紛糾し、祖母の子ども達である母や叔父叔母《おじおば》たちの意見も真っ二つに分かれた。ばあちゃんはだまされているんじゃないのか、いきなり現れたあの人がじいちゃんの財産を継ぐの？　同棲とか、そんな夢見がちな。こんな歳《とし》で知らない土地に移り住むなんて、やっていけるわけがない。厳しい意見が相次ぎ、それでも祖母の決心は揺らがなかった。

四人の姉弟《きょうだい》は、一番上の智也の母と一番下の三女が同居に賛成で、長男次女にあたる真ん中の二人が反対だったという。特に、長男の辰彦《たつひこ》叔父が渋っていた。思うように会社の経営が進まず、祖父の財産に頼る気持ちもあったらしい。やがて親族会議は姉弟喧嘩《げんか》へと様相を変え、最終的には資産の生前贈与という形で落着したものの、いまだに姉弟たちの間にはわだかまりが残っている。お互いに一生言わなくてもいいことを言いすぎた、と智也の母は真夜中の台所で焼酎をすすりながら何度もため息を漏らしていた。

そんな、周囲に散々な傷を負わせながら始まった祖母と雄太郎の同棲が、五年足らずしか続かなかったのだから、ひどい話だ、と智也は思う。脇見運転の大型トラックが配送途中だった雄太郎のライトバンと正面衝突し、向こうの運転手ともども即死だった。雄太郎に非はない。けれど、雨の宇都宮で始まったささやかな恋は、それまでの安泰だった祖母の人生、親族の和、なにもかもをめちゃくちゃにした。

顔を上げると、祖母が近くに立っていた。

「なんだい、挨拶するのかい」

意外そうに言って線香に火をともし、ユウさん、智也が来たよう、と呼びかけてリンを鳴らす。しかしあぐらを掻いた姿勢のまま智也が位牌を睨《にら》んで動かないので、肩をすくめて息を吐いた。

「まあ、苦しまないでよかったよ」

いつのまにか、祖母は白地に黄色い花をたくさん散らした品の良いワンピースに着替えていた。行こうか、とうながされて智也は腰を上げる。祖母を助手席に乗せ、バンパーがへこんだ軽自動車に乗り込んだ。まずは三十分ほど車を走らせて、祖母が通う個人診療の神経内科へと向かう。

祖母が診察室へ入っている間、智也は待合室の隅でスマホの画面を起動させた。ゲームのアイコンを探すより先に、新着メールを告げる表示に気づく。送信元は、佐藤《さとう》心美。

『もう栃木についた？　おばあちゃん元気だった？』

昨日の晩、なにげなく話した内容を覚えていたのだろう。親指を画面に滑らせ、返信画面を表示させた。

『元気。土産《みやげ》は餃子でいい？』

続けて『昨日言ってたことだけど』と打ち込んで、智也はゆっくりと文字を消した。餃子でいい？　までの短い文面を送信する。数分も経たずに、こんな返信が届いた。

『餃子いいねー！　楽しみにしてる。ネギニラのやつがいいです。智くんちで焼こう』

明るく弾むような声が、頭の中ではっきりと再生される。智也よりも一つ年上で、顔はそれほどでもないけれど小柄で胸が大きく、しっかりものの姉御肌。出会いは大学のバドミントンサークルだ。勝手がわからずにまごついていた智也たち新入生を体育館の隅に呼び集め、笑いを交えながらストレッチや筋トレ、顧問の変なあだ名を教えてくれた。いつだって心美の声はよく響いた。力強く、凛《りん》と、楽器のように。

けれど、昨日の夜は響きが少し違った。ブラジャーとショーツだけの無防備な姿のまま、体育座りをした体を揺らしながら、なんかねえ、とまるで他人事《ひとごと》のように芯の定まらない声でふわふわと言った。サークル辞めるかも。バイト、増やそうかなと思ってて。ふと、言葉を止めて智也と目を合わせ、心美はそれまでの雰囲気を押し流すかのように、こざっぱりと明るい笑顔を見せた。サークルにかわいい子多いけど、浮気したらゆるさんからね。言い終えると、するっと足を伸ばして智也の脇腹を蹴っ飛ばす。白い足のうらが柔らかかった。足首をつかまえて土踏まずに噛《か》みつくと、きゃあきゃあと笑いながら余計に蹴られた。

心美の実家は東中野《ひがしなかの》の駅から少し歩いた先の通りでパン屋を営んでいる。付き合い始めの頃、視聴覚室のパソコンで店のホームページを表示して「これ、私が考えたんだ」とさつまいもと金時豆のパンの画像を見せてもらった。三度目のデートで実際に遊びに行き、心美の母親から新作だという菜の花とチーズの惣菜《そうざい》パンを試食させてもらった。路肩に咲いた花のような、地元密着型の感じのいいパン屋だった。

新作商品や割引セールの案内などで頻繁に更新されていたそのホームページが、ここ二ヵ月間ほどまったく動いていないことには気がついていた。朝方、新宿《しんじゅく》のホテルを出てそのままバイトに行くという彼女と別れ、東京駅へ向かう前に、智也はこっそりと中央線に乗り換えた。心美の実家へ向かったところ、開店時刻だというのに店舗は灰色のシャッターを下ろし、都合のためしばらくお休みします、とそっけない貼り紙を付けていた。

心美の父親か母親が書いたのだろう手書きの文字を見ながら、すかすかと薄ら寒い風が胸の辺りを吹き抜けた。だって俺まだ十九だし、なんにもできないし、ちゃんと大人がついてるんだから、そんな大変なことにはならないんだろう？　そう、貼り紙の余白へ祈るように呼びかけた。

お待たせ、と呼ぶ声に顔を上げると、祖母が渋い顔で手元のスマホを見つめていた。

「最近の子はいっつもそれだね。目が悪くなるよ」

「ばあちゃん。足どうだって？」

「固まっちまうから、しゃきしゃき歩けってさ」

「んじゃあ、足湯に寄ってから買い物に行こうか」

ここから二十分ほど車を走らせれば塩原温泉郷に辿りつく。そこには全長六十メートルの広々とした足湯の施設があって、歩くと膝が軽くなる、と祖母はずいぶん気に入っていた。

「お前、遅くなっちゃうよ。大丈夫かい。泊まるか？」

「明日のバイト、午後からだからへいきー。泊まっていいの？　もし電車無くなったら泊まろうかな」

一人暮らしの部屋に帰ってインスタントのうどんをすするよりは、手の込んだ祖母の夕飯の方が豪勢で嬉《うれ》しい。智也は再び祖母を助手席に乗せ、高速を使って塩原方面へと向かった。春の大型連休が近いせいか、心もち車の数が多い気がする。とちぎ、品川《しながわ》、八王子《はちおうじ》、横浜《よこはま》、宇都宮、と雑多なナンバーを眺めつつ西那須野塩原インターチェンジから一般道へ降りた。草木の色合いがみずみずしい、春の山へと入っていく。

温泉郷の中ほどにある足湯の施設「湯っ歩《ゆぽ》の里」は、祖母と同年代の高齢者と観光で訪れたらしい若い男女で賑わっていた。番台に二百円を払い、ロッカーに荷物を預けて靴下を脱ぎ、ジーンズを膝までまくり上げる。足つぼ用の小石が一面に敷かれた浴槽へそっと足を踏み出した瞬間、骨へもぐり込むような鈍い痛みに悲鳴が漏れた。

「やっぱりいてえ、無理っ」

「まだ子供で、足のうらが薄いのかね」

数歩でよろめいた智也を置いて、ワンピースの裾を摘《つま》んだ祖母はするすると先を歩いて行く。智也は付いていくのを諦め、適当なベンチに腰かけてちゃぷちゃぷと足先を湯に浸した。スマホを取りだし、再びメールの画面を開く。新着メールはない。

足湯の回廊は、中央に噴水が設けられた円い池を囲む形で作られている。浴槽を囲むガラス戸や窓は開け放たれており、風通しがいい。ふと、池の水面《みなも》をさざめかせ、涼しい風が浴室内を通り抜けた。山が近くにあるため、空を掻き混ぜる葉擦れの音が清々《すがすが》しい。

馴染みのない町で湯に浸《つ》かり、親族に親切めいたことをして、一日の予定を行き当たりばったりに組み替えながらぼうっと恋人のメールを眺めている。こういうのが、好きだと思う。自由で気楽で、誰にも叱られず、責任もない。どこにでも行けて、なんでもできる気がしてくる。近所の山に駆けだして、手頃な木の枝をぶんぶん振り回しながら冒険ごっこをしていた頃の昂揚《こうよう》に似ている。

浴室内に家族連れが入ってきた。観光に疲れたのか、眠ってしまった小さな息子を父親が胸に抱きかかえ、その後ろをトートバッグや戦隊ヒーローのイラストが入ったリュックサックを持った母親が付いていく。うわ、足にくる、コウイチ落とさないで、などと笑いながら夫婦は爪先を引っ込めた智也の前を通りすぎ、これからの旅行の日程について話し始めた。智也はその後ろ姿をちらりと眺め、まるで自分が一人ぼっちの淋《さび》しい人間になった気がして、落ちつかずにスマホの画面をともした。

カラフルなパズルゲームに指をすべらせながらも、心美の実家のシャッターに付けられていた貼り紙の白さが頭にちらつく。バイト、増やそうかな。都合のためしばらくお休みします。生白く柔らかい、蔓《つる》状の植物みたいなものがするりと指へ絡んでくるみたいだった。せいかつ、とか、くろう、とか、漢字で書きたくもない、知らない、生々しいものが心美の体からあふれ出して、こちらに伸びてくる気がして、すくんだ。

でも、サークルでも人気のある「心美センパイ」と手を繫《つな》いで、雪の舞う日にコンビニで買ったチョコを一粒ずつ分け合いながら歩くのは、最高に幸せだった。冬だけではない。梅が香る川べりの道も、桜の下も、一緒に並んで歩いた。小さな手はいつも智也の手より少し冷たくて、丸いピンク色の爪がぴかぴかと光っていた。手ぇ好き、すべすべで好き、と伝えてからはきれいなストーンを付けたり花の模様を描いたりと、繊細なネイルアートをして見せてくれることが多くなった。智也が気に入っているのはあくまで皮膚の柔らかさなのだけれど、お洒落なセンパイと付き合ってるよな、と学科の友人に羨《うらや》ましがられるのは気分が良かった。湯に浸した足を持ち上げる。午後の日射しに白んだ湯面を、大粒の雫《しずく》がぱたぱたとくずし、乱していく。

全長六十メートルの浴槽をぐるりと一巡りして、祖母が近くへ戻ってきた。だいぶ血行が良くなったのか、ワンピースから覗く筋張った足の色合いが明るくなっている。

「なんだ、ここから動かなかったのか」

「ばあちゃんおかえり」

「もう一周してくるから待ってな」

「なあ、ばあちゃん、待って、なあ」

ざぶ、と湯を波立たせて祖母の背を追った。小石に刺激される足のうらが痛む。けれど、浴槽に沿う形で敷かれたすのこの通路を歩くのは、自分が皮膚の薄い子供だと認めるようでくやしかった。

「ばあちゃんさあ、雄太郎と行くの、怖くなかったの」

「ええ?」

「辰彦おじさんとか、絹子《きぬこ》おばさんとか、反対したんだろ?」

「その二人だけじゃない、お前の母《かあ》ちゃんだってはじめは反対したさ」

湯を波立たせて歩いて行く。次第に足がツボ押しの痛みに慣れてきた。痛さは変わらないのだけど、気のそらし方がわかってくる。折り返し地点で、祖母は休憩とばかりに足を浸したまま、そばのベンチに腰を下ろしておかしそうに笑った。

「お前、ココちゃんとなんかあっただろう」

「……わかる?　実は、心美の家がさ」

「聞かないよ。二人の話だ。自分らでどうにかしな」

「ええー家族なのに冷てえ」

「違うよ。もう、エプロンの端をつかんで後を追いかけてきた頃とは違うんだ。ココちゃんとのことは自分で決めて、自分で責任を取りなさい。すぐに他人の意見を欲しがるのは、子供のすることだよ」

幼い、と言われた気がして少し腹が立った。誰の運転でここまで来ていると思っているのだろう。知らず知らず、口調がとがる。

「そういう風に相談しねえで、勝手に決めて、ばあちゃんが自分の意見ばっか押し通したから、母さんたちが喧嘩になったんじゃねえの？　すげー迷惑。辰彦おじさん、前はしょっちゅううちに飲みに来てたのに、母ちゃんと喧嘩してからは全然来なくなったし」

まずい、これは言わなくていい、と思うのに舌が止まらない。今まで自分は親族間のいさかいなんて割とどうでもいいと思ってきたはずだ。だから、これこそただの子供っぽい当てつけに過ぎない。祖母は口をつぐんだ。しばらく揺れる水面を眺め、そうだねえ、と鈍く呟《つぶや》く。

「お前、この後にもう一ヵ所、付き合えるかい」

「……いいけど」

「よし、じゃあ上がろう」

長湯のせいで、汗がにじむほど体が温まっていた。見下ろせば、湯に浸かっていた膝から下の皮膚がくっきりと赤い。買ったタオルで濡れた足を拭いて、車へ戻った。

祖母が言うままに山道を引き返し、途中で道を折れて下り坂を進むと、数分もしないうちにもみじ谷大吊橋《つりばし》という観光名所に辿りついた。大きな吊り橋が水量の豊かな川をまたぐ形でかけられている。青々した山に周囲をぐるりと囲まれた、美しい渓谷だった。東京の桜はもう散ったのに、標高が高いせいか、山肌では霞《かすみ》のような山桜がいまだにしっとりと輝いている。

土産物屋を素通りし、祖母は受付で二人分の料金を払って智也を呼び寄せた。短い階段を上り、吊り橋の入り口に立つ。さあっと涼しさを感じるほど長い、真っ直《ます》ぐな橋がずいぶんと遠くまで延びている。案内によると、三百二十メートルもあるらしい。歩き出して間もなく、先に渡り始めていた中年の女性が橋の手すりにつかまって腰を落としているのに気づいた。具合でも悪いのかと顔を覗くと、照れくさそうに首を振る。

「橋から下を覗くと、高いのよ、思ったより。風が吹くと揺れるし、しかも、橋の真ん中が金網みたいになってて、隙間から川が見えちゃうの。だめだわ、ぞくぞくしちゃって」

祖母は特に怖がる様子もなく先を歩いている。智也も女性に会釈をして足を進めた。彼女の言う通り、途中から足元が格子状の金網に変わった。真下を流れる川面《かわも》のきらめきが垣間見えて、背筋を冷たいものが通り抜ける。と、と、と、と悪寒を払うように足を速め、祖母の背中へ寄った。

「さっきの人、高いところがダメだったらしい」

「ああ、私も最初は、足が震えてダメだったよ。何回か来てね、慣れたんだ」

何回も、祖母をここに連れてきたのは、雄太郎だろうか。橋の真ん中に辿りつき、祖母は手すりに腕を乗せた。

「辰彦は他の姉弟がみんな女で、父親が早くに死んだから、自分が一家を守らなければって感覚が強いんだろうね。こんなババアが一人、よそに行ったからって、なにもあるもんかね。心配しすぎなんだよ」

「でも、母ちゃんも心配してる。現にばあちゃん今、一人じゃん。これから足だけじゃなくて他んとこも悪くなるかもしれないし、こっちに帰ってこねえの」

「ユウさんの墓があるからね。それにお前の言う通り、子供らの関係をこじれさせたのは本当だ。今さら帰る気はないよ。それが、我《わ》が儘《まま》を通した落とし前さ」

頑固だなあ、と智也は思う。祖母はここで景色を眺めているというので、橋の反対側まで行ってみることにした。四方を囲む春の山が、ゆるやかに自分へ向かって流れてくる。橋の反対側は花が植えられたうららかな公園になっていた。踵《きびす》を返し、渡り終えたばかりの橋へと顔を向ける。

祖母は、青い山を背負っているように見えた。風が吹くたび、黄色い花の描かれたワンピースがふわふわとそよぐ。

思い返せば智也が子供の頃、祖母はえび茶色の素っ気のない上着と色の褪せたジーンズばかり穿《は》いていた。智也以外にも孫の世話をたびたび引き受けながら、辰彦叔父が引き継いだ不動産管理の相談に乗り、智也の母の仕事の愚痴を聞き、離婚して一人で子供を育てている絹子叔母を励まし、会社の寮で一人暮らしをしている四女の温子《あつこ》叔母に野菜や佃煮《つくだに》を送っていた。いつだってしっかりとした、化粧っ気のない頼れる一族の長であり続けた。

ゆっくりと、祖母がたたずむ橋の真ん中へ歩いて戻る。

「ばあちゃん、ワンピース似合うね」

素直に思って口に出しただけなのに、祖母は眉間に皺《しわ》が寄るほど顔をしかめた。

「お前も、さぞろくでもない男になって、女の人生を狂わすんだろうね」

「えー」

「でも、いいんだそれで。ココちゃんは、かわいいかい」

「相変わらず、超かわいいです」

「たくさん言ってあげな。女はそのままでかわいいわけじゃないから、お前を喜ばせたくてかわいくしてるんだよ」

はい、と神妙に頷いて、祖母と一緒に橋の入り口へ戻った。先ほど腰が引けていた女性は、土産物屋の前で連れ合いとソフトクリームを食べていた。

帰りにスーパーに寄って必要なものを買い足し、祖母の家へと帰る。あちこちに立ち寄ったせいか、気が付けばだいぶ疲れていて、また長い道のりを辿って高円寺《こうえんじ》のアパートまで帰るのが億劫《おっくう》になっていた。物が散らかったちゃぶ台の隣に寝そべり、わざと甘えた声を出す。

「今日、やっぱ泊まりたい」

「そうかい。夕飯にするから、適当に休んでな」

ことん、ことん、と音を立てて台所で煮炊きが始められる。テレビのニュースが六時を伝える。縁側から見えるあまり手入れのされていない庭も、暮れていく山の景色も、まったく馴染みはないけれど、祖母が住む家の居間に寝転がっているというだけで、小学生の頃に戻ったかのようにまぶたが重くなってくる。

庭の隅に、黄色い花が植えられていた。隣家との境目の金網に旺盛に茂り、もこもことした柔らかそうな花をたくさん咲かせている。炒《い》り卵みてえ、とまず思い、自分が空腹なのだと知る。よくよく眺めるうちに、その花はとても、祖母が昼間に着ていたワンピースの柄と似ていることに気づいた。

「ばあちゃーん」

「ああ?」

「あの花なんてーの」

夕暮れの庭に指を伸ばす。祖母は目を凝らし、ああ、と頷いた。

「モッコウバラだよ」

もっこうばら、と復唱する間にすうっと意識が溶け消えた。枕代わりにした座布団を抱き締める。頬に触れる、畳の感触が気持ちいい。

まぶたのうらの暗闇で、静かな声が、だめだよ、と言う。そんな風に言われるのがとても久しぶりな気がして、桜が舞う春の上野公園でぽかんと心美の顔を見つめた。白くしっとりとした指が智也の指の間にするりともぐり込み、根元まで沈んで、手のひらを重ねるように握りしめる。いつものことだから、と言い返すと、だめ、肌がぼろぼろになっちゃう、と真面目な声で叱られた。

手を繋いだまま、花見客で賑わうベンチと、眠たげに光る午後の不忍池《しのばずのいけ》を眺めた。急にどくん、と心臓が跳ね上がり、ありふれた景色が熱っぽく潤《うる》んでいく。その瞬間、ぼんやりと、この人とずっと一緒にいることになるかもしれない、と思ったのだ。

「お前、まだじんましん治らないんだねえ。寝ながら掻いてるんじゃないよ」

呆《あき》れ声が降ってきて、まぶたを持ち上げる。日暮れの茜《あかね》色に染まっていた庭は、いつの間にかすっかり暗くなっていた。ほら、という声に振り返ると、氷のうを渡された。無意識に掻きむしっていた首筋へ当てる。熱っぽいかゆみがみるみる吸い取られ、ほっと息を吐く。

夕飯はイカと里芋の煮物とアジの塩焼き、モロヘイヤのおひたしと、アスパラとかぼちゃを蒸してマヨネーズを添えたものだった。ねばねばする、と食べ慣れないモロヘイヤを持て余していたら、栄養があるんだから好き嫌いしない、と子供の頃とまったく同じ口調で叱られた。

食後にまた寝転がりながらスマホを取りだした。だいぶ電池が減っていたので、充電しながらメール画面を起動させる。心美から最後に届いたメールを眺め、返信ボタンを押す。しばらくは、画面と同じく頭も真っ白で、なにも考えられなかった。桜がひらりと目の前をよぎる。嬉しかった、と続けて思う。指が絡まる。きれいな爪。昨日の夜は、薄緑と明るい朱色のストライプで、スイカ色だと笑っていた。舐《な》めてもスイカの味はせず、けれどほのかに夏の香りがした。季節が変わっていく。シャッターの貼り紙を思い出して、ぴくりと指が動く。キーを叩《たた》いていく。

『新しいバイトって何時に終わんの。サークル終わったあと迎えに行く』

なるべく一緒にいた方がいいと思う。だって、心配だ。色んなことが心配だ！　自分らにとって世の中は怖いことや知らないことばかりだ。心配、と単語が浮かんだ途端に、心配、と書きたくなった。心配、心配、心配。でも、心美だって心配だからこそ、あんな声を出したのだ。湧き上がる心配を飲み下し、なるべく一緒にいて、馬鹿みたいに明るい話をたくさんしようと、思う。

『あと、サークルは辞めない方がいいと思う。資格の勉強で休んでる先輩いたじゃん、あんな感じで、体が空いたらふらっと遊びに来るのがいいと思う。じゃないと俺、心美センパイ独り占めすんなって他のやつらに怒られる』

思う、ばかりになってしまうけれど、しょうがない。しばらく文面を見つめて、送信ボタンを押した。

なかなか返事がこない。立ったり座ったりを繰り返しているうちに、湯の仕度をした祖母から怪訝《けげん》そうな目を向けられた。

「なにしてるんだい。早く風呂に入りな」

「えーと、ちょっと」

「じゃあ先に入っちゃうよ」

「どうぞどうぞ」

ふいに賑やかな着信音がスマホからあふれ出した。心臓が痛いくらいに跳ね上がる。ろくに画面を見ないまま夢中で緑色の通話ボタンを押し、本体を耳へ押し当てる。

「もしもしっ」

耳に飛び込んできたのは、能天気な母親の声だった。

『あ、智也？　アンタまだばあちゃんちにいる？』

「なんだよ！」

『やーだなに怒ってんのよ』

「なんでもねえよ！　なんか用？」

『そうそう、ばあちゃんちの階段の電球、一個切れてるのわかった？　こないだ替えようと思って新しい電球を用意しておいたんだけど、新幹線の時間が来て交換できなかったの。ばあちゃんじゃ背が届かないから、あんた、やっといてちょうだい』

スマホを耳へ当てたまま、うろうろと電球を捜し回る。母が言う流しの下には見当たらず、結局トイレの横にビニール袋に包まれたまま放り出されているのを見つけた。物置きから折りたたみ式の踏み台を引っ張り出して、階段の踊り場で開く。

ビニール袋の中を覗くと、色や形の違う電球がいくつも詰め込まれていた。

「なんか、何種類かあるんだけど、どれが階段用？」

『LEDの、ちょっと縦長のやつね！　あとはトイレと玄関の電球の予備だから』

薄いガラスの球体は、触るたびに少し緊張する。慎重に包装を剝《は》がし、片手に持って踏み台に乗った。耳元で、母がしゃべり続けている。

『あーよかったー。あんたに頼もう頼もうと思ってたのに、完全に忘れてたのよ。なに、今夜はそっちに泊まるの？　なら庭の掃除と神棚の埃《ほこり》取りもやっといて、あとねあとね』

母以外の親族がどんな頻度で祖母に連絡を取っているのか、智也は知らない。そして、なぜこんなに母が祖母の世話をするのかも。長女だから、という義務感からだろうか。昼間の祖母の言葉を思い出し、放っておけば立て板に水といった調子であれこれと用事を言いつけそうな声を遮った。

「母ちゃん、はじめは反対してたんだろ？」

『ええ？』

「ばあちゃんに聞いた。はじめは、お前の母ちゃんにも反対されたよって。なんで反対すんのやめて、今はこんなにばあちゃんの一人暮らしを応援してんの」

『あんたたち、そんな話したの』

驚いたような息を吐き、母は数秒沈黙した。智也は踏み台の上で伸び上がり、ペンダントライトのソケットに新しい電球を差し込んだ。きゅ、と音を立てて回転させながら、いつもこの瞬間が怖いと思う。薄くて脆《もろ》いものに力を入れなければならない。指先が緊張する。回線の向こうで、母がゆっくりと切り出した。

『まだ話し合いが始まったばかりの頃だよ。私は長女だからね、この問題をなんとかしなきゃいけないって気張って、二人きりの時にばあちゃんに、大人なんだから、そんな旅先で恋に落ちてとかみっともないの止《や》めてよって言ったんだ。そうしたらばあちゃんはうつむいて、本当に恥ずかしそうな声で、こう言った』

智也は踏み台から下りた。手元に残った電球の包装をくしゃりと丸め、照明のスイッチに手を伸ばす。

『新しい、きれいなワンピースを着て誰かに見せたいなんて、もう長い間、考えたこともなかったんだ』

ぱちん、と音を立ててスイッチを押し込むと、真新しい昼白色の光が板張りの階段を冴《さ》え冴《ざ》えと照らした。

『私ら姉弟はいつのまにか、ばあちゃんはもうなにも欲しがんないで、変わらないで、このまま、じいっとみんなの世話をして、きれいに衰えて死んでいくもんだって決めつけてたんだよ。あの人が頑固でしっかり者の世話焼きだから、ずっとそれに甘えてた。自分が同じ立場なら、そんな聖人みたいになれるわけないクセにさ』

「でも、雄太郎は死んじまった」

『五年間、ばあちゃんにたくさんワンピースを着せて、色んな所に連れ出してくれたんだ。礼を言いたいぐらいだよ』

仏壇の、高級な羊羹《ようかん》みたいな重々しい艶《つや》が目のうらによみがえる。でもねえ、そんなの私の勝手な感じ方だから、辰彦やあんたの叔母さんたちがどう感じてるかは知らないよ？　ばらばらだろうし、それでいいんだと思うよ。そんな締めくくり方をして、母親は通話を切った。踏み台を物置きに片付けて、智也は残った電球を流しの下にしまう。

居間に戻ると、パジャマ姿の祖母が九時のドラマを観ながらビールをすすっていた。

「ばあちゃん、さっき母ちゃんから電話きて、階段の電球替えたから」

「ああ、そういえば切れてたね。ありがとう」

「俺、風呂入ってくる」

「ぼちぼち寝るよ。お前の布団は二階の和室に敷いてあっから」

「わかったー、おやすみ」

前に泊まった時に置いていった着替えを押し入れから引っ張り出し、バスタオルを手に風呂場へ向かう。狭い、水色のタイルが貼られた古い浴室だ。ステンレス製の底の深い浴槽に、ヒノキの入浴剤を溶かした湯が張られている。追い焚《だ》き機能がないため、冷めつつある湯を桶《おけ》で汲《く》んで体を洗うのに使い、どんどん熱い湯を注《つ》ぎ足した。祖母の白髪《しらが》染めシャンプーとは別に、智也や母が泊まる時のために用意してあるリンスインシャンプーのボトルを押す。ざかざかと髪を泡立てながら、排水口の上で渦を巻く泡混じりの湯の流れを眺めた。

怖くなかったの、と足湯に浸かりながら聞いた。祖母は答えなかった。けれどあんなに心弱い望みを一つ抱いて、祖母は雄太郎と暮らすことを選んだのだ。足がすくむほど高く長い橋をたびたび二人で渡り、今では一人で渡れるようになった。モッコウバラのワンピースが風にはためく。泡を流し、草色の湯に体をすべり込ませ、百数えて温まってから智也は風呂場を出た。体を拭き、換気扇を回して寝巻きに着替える。

居間の電気は落とされていた。祖母はもう寝室で休んでいるらしい。台所に立ち寄り、冷蔵庫からスポーツドリンクを取り出してコップに二杯ほどあおる。二階に向かう途中で、居間の隣の仏壇を置いた和室に橙《だいだい》色の常夜灯がともされていることに気づいた。

線香の匂いが強い。祖母が寝る前に手を合わせたのだろう。居たたまれないような気分で、智也はそうっと和室に足を踏み入れた。仏壇を覗く。若い祖父の遺影と、堀川雄太郎と金文字が彫られた位牌。中ほどまで細長い灰となった真新しい線香が一本、香炉の中央に立っている。

リンを鳴らしかけて、やめた。祖母にばれたら恥ずかしい。代わりに線香を一本抜き取り、ライターで先端に火をともした。軽く揺らして炎を掻き消し、祖母が立てた線香の隣に差し込む。

手を合わせて、目をつむった。どうかこれからもばあちゃんを守って。そう、二人の祖父に呼びかけた。

脱いだ衣服や荷物を抱えて二階に上がり、布団に寝転びながらなにげなくスマホの画面をともした。新着メールが一件。心美からだ。思わず腹筋を使って跳ね起きた。震える指で、受信箱を開く。

『メールありがとう。明日、何時に帰ってくるの？　東京駅まで迎えに行く。あの辺で一緒にお昼を食べよう。いろいろ話したい』

柔らかくて美しい指が、するりと絡む。握りしめて、怯《おび》えながら、高くて長い橋を行く。智也はゆっくりと息を吸った。頭のすみずみまでクリアに冴える。静けさの中、スマホの画面に親指をすべらせて新幹線の時刻表を調べた。

山盛りの菓子と、炙《あぶ》ったスルメと、うらの畑でとれたアスパラガスと新じゃがと、正月の餅の残りを揚げたかき餅。ここまで詰めてメッセンジャーバッグが破けそうになったので、智也はもういい、もういらない！　と悲鳴を上げた。さらになにかを足そうとしていた祖母は、そう？　と残念そうに眉をひそめる。

「気をつけて帰りな」

「はーい」

縁側に腰かけてスニーカーを履き、智也は重たいバッグを抱え上げた。庭へ踏み出し、パジャマの上に群青色のカーディガンを羽織った祖母に向き直る。少し淋しげな顔を見つめ、にっと口角を上げた。

「ばあちゃんさあ、せっかくワンピース似合うんだから、我が儘とか落とし前とかつまんないこと言ってないで、早く次の恋人見つけなよ。日本中のどこに引っ越しても、遊びに行くから。ばあちゃんの居るとこが俺の実家みたいなもんだし」

祖母は一瞬ぽかんと目を見開き、すぐに肩を揺らして笑い始めた。

「なんだい、急に生意気になって！　やだねえ、お前はほんとに、ろくでなしになりそうだ」

目尻をしわに埋めながら、祖母は花を咲かせた一本の樹木のように笑い続ける。照れ混じりに首筋を掻き、智也はじゃあ、と手を振った。名残《なごり》を振り切るよう、踵を返して駅を目指す。

相変わらずひと気のない寂れたホームから電車に乗り込み、宇都宮で下車した。都会の賑わいが急に耳へ戻ってきて圧倒される。斜めがけにしたバッグの重さに振り回されながら駅ビルの中の販売店で数種類の餃子を購入した。宇都宮餃子といっても一種類ではなく、色々な店が色々な商品を出していると知ったのは、祖母の家に通うようになってからだ。心美が気に入っている、ネギニラという変わった野菜が入った餃子も二箱買って、新幹線の乗車口に向かう。

ごう、と大量の風をはらみ、濡れたように艶やかな車体がホームへすべり込んだ。東京に帰ったらまずは、爪がかわいくて好きです、と言う。それから、それから。むずがゆく跳ねる心臓をなだめつつ、智也は両手いっぱいの土産物を握り締めて自由席へと乗り込んだ。

からたち香る

宇都宮を過ぎた辺りから、指先の温度が下がり始めるのを感じた。握り込むと、指の腹が手のひらのくぼみをひんやりと冷やす。皮膚の色が白い。緊張するといつもこうだ。受験や就活といった人生の分岐点に差しかかるたび、律子《りつこ》は冷え切った自分の手を擦り合わせてきた。

隣のシートでは由樹人《ゆきと》が頭を傾けてうたたねをしている。電車でもバスでも、乗り物に乗るとすぐに眠ってしまう人だ。新幹線は振動が少ないので、なおさら眠気を誘われるのだろう。すっきりとした淡白な目尻に愛想の無さがにじみ出た顔立ちをしているが、寝顔だといくらか印象が柔らかいものになる。

短く並んだ黒いまつげが震えるのを眺めつつ、律子は昨晩インターネットで確認した内容をおさらいした。シーベルトとベクレルの違い。放射線の人体への影響や、どのくらいの値から体調に影響を及ぼすのか。地震の時に津波被害を受けた沿岸部の地名と、おおまかな死者数。ただでさえ由樹人の両親に婚約者として認めてもらわなければと気がはやるのに、こんなことも知らずに福島に来たのか、などと思われてしまっては大変だ。

何度目かのため息をついていると、シートの真横をコーヒーやお菓子、土産物を満載した車内販売のワゴンが通った。おつまみ、ビール、東京土産などもございます、と春らしい桜色のスカーフを首の真横で結んだ女性販売員が低くなめらかな声で告げる。呼び止めてコーヒーを注文した。かしこまりました、と頷いて彼女はあずき色のカップへポットの中身を注いでいく。

年頃は律子と同じ、二十代後半ぐらいだろう。メイクが上手で、横顔に毛穴が見えない。心もち目尻が下がった大きな目、まっすぐ通った鼻筋とローズピンクに光る形の良い唇。華のある整った顔立ちだが、よく見ると笑うたびに唇の両端から八重歯がちょこんと顔を出していて、それがただの「きれいなお姉さん」といった単調な彼女の印象に一滴の朗らかさを加えていた。

黒いプラスチックの蓋《ふた》がかぶせられたカップを受け取り、代金を支払う。律子につられたのか、前の席に座っていた男性もビールとじゃがりこを注文した。ワゴンを押して、紺色のスカートに包まれたお尻が遠ざかる。律子は蓋の飲み口を開けて熱いコーヒーをすすった。でこぼこした紙コップ越しに伝わるぬくみが冷えた指へじんわりと染みる。

窓の外はちょうど田園地帯に入ったところで、代掻《しろか》きのために水が流し込まれた泥状の田んぼの表面にうっすらと青空が映っていた。

建物は低くまばらで、ビルなんて滅多に見当たらず、民家がゴマ粒大になるほど遠くまでなんの障害もなく見渡せてしまう。新鮮であると同時に、東京二十三区のビルの狭間《はざま》に生まれた身としては視界が良すぎて少し落ち着かない。

時折、まだ花を残した桜の木が薄紅色の幻のように車窓を流れた。東京ではもうほとんどが若葉の生い茂る葉桜になってしまったものの、福島に入るとまだ旺盛な薄紅色に覆われた木がそこここに見られる。

ふいに、迷惑かけるんじゃないよ、というざらついた声が耳によみがえった。お前は他の子なら母親が仕込むような常識が足りてないんだから、ちゃんとしないと家族として認めてもらえないよ。そう言って祖母は「挨拶のマナー」だの「愛される妻のこころえ」だのの本を送ってよこした。

父と母が離婚したのは律子が六歳の時のことだ。幼い頃から、父の仕事の都合に合わせて隣人付き合いのほとんど無い関東圏の賃貸マンションを転々としてきた。父は優しかったし、祖父母はいつだって不自由がないよう孫を気づかってくれた。楽しいこともあればいやなこともある、ごくありふれた環境で、特に育ちに不満を感じたことはない。ない、のだけれど、不安なことは山ほどある。

例えば由樹人の一家は曾祖父の代から同じ場所に住んでいて、地域ぐるみの付き合いはごく普通のこと、由樹人も小さい頃にはよく近所のお祭りや子ども運動会に参加していたらしい。小さい頃からそこに溶け込み、根づき、町を歩けば近所の人に気軽に声をかけられ、軒先で世間話をするといった環境を律子は知らない。それが当たり前である人たちと自分のあいだには、なにかしらの価値観の違いがあるのではないかと身構えたくなる。

福島がどうこうではないのだ、と窓に映る物憂げな自分の顔を眺めて気づいた。震災以降、福島は確かに難しい状況にあって、だからそういう土地に住む人と接することに緊張があるのは本当だけれど、それが一番の理由ではなくて。それよりも、ただの個人として出会い、好きになって、これからは一緒に生きていこう、と三十路《みそじ》に差しかかる大人二人が決めたのに、誰かにその決定を許してもらわなければならない、好かれるようにふるまい、自分を調整しなければならない、ということが嫌なのかもしれない。自分や相手の所有権を、家や親に握られているような閉塞感。でもそんなことが気になるのは、私がまだ大人ではなく子どもだからだろうか。

やがて田んぼと畑の間にぽつりぽつりと家が増えて、商店が並び、ビルが現れ、次第に風景は都市の色合いを増した。短いメロディに続いて「まもなく郡山《こおりやま》」のアナウンスが流れ、由樹人の肩を揺さぶる。由樹人は何度かまばたきをし、着いたか、と呟いて眩《まぶ》しげに外の景色を覗いた。

　車体がなめらかに停止する。荷物棚から一泊分の着替えが詰まった手提げとお土産が入った紙袋を取り出し、他の客の流れに乗ってホームへ下りた。東京よりも少し肌寒いが、上着を重ねるほどではない。律子はまだ眠たげな由樹人の背を追う形で階段を下り、改札階へ向かった。

　郡山駅は、都内のほどよく発展した駅とほとんど変わらない印象を受けた。駅構内はカフェや雑貨店の他、隣接するショッピングセンターの入り口も配置されていて、賑やかに人が行き交っている。出口の先にはバスのロータリーが広がり、銀行やファッションビル、チェーンの飲食店が入居した雑居ビルなどが大通り沿いに建ち並ぶ。新宿、渋谷《しぶや》といった怪獣のような大商圏には及ばないものの、十二分に拓《ひら》けた便利な駅前だ。

　そんななじみのある景色の中に、ぽつりと一つ、ソーラーパネルが付いた子どもの背丈ほどの白いポールが立っている。ポールの上部では、電光表示が赤い四桁の数字を表示していた。０１０６。これがテレビを通じてたまに見かけるモニタリングポストか。初めて見たな、と頭の一部が緊張し、一夜漬けで詰め込んだ知識がずるりとあふれる。つまり、毎時０・１０６マイクロシーベルト。

　確か国の除染を行う際の一つの基準として、毎時０・２３マイクロシーベルトという数字があったはずだ。年間の追加被ばく線量を1ミリシーベルト、つまり1000マイクロシーベルトまでに抑えるという目安があって、それをもとに割り出された数字らしい。だとしたら、この数字はその除染の目安となる数値の半分以下ということになる。けれど原発問題や放射線の人体への影響に関しては色々な人が色々なことを言う。この基準は厳しすぎると言う人、逆にゆるすぎると言う人。たくさん読めば読むほどよくわからなくなった。

なので、赤い0106の数字を見て律子の頭に浮かんだのは「なんかよくわからない」という漠然とした感想だった。ありふれた春の町中で、この小さな白いポールの周囲だけがよくわからない。バスが来るぞ、と由樹人に呼ばれて急いでロータリーへ向かう。整理券を取り、二人席に乗り込んで荷物を膝へのせた。

由樹人の実家は駅前から二十分ほどバスに揺られた先の住宅地にあった。青い屋根の二階建てで、玄関の横にママチャリが一台置かれていた。

「遠くまで来てもらってねえ、疲れたでしょう」

「あ、いえ、そんな」

大崎《おおさき》律子です、と頭を下げ、東京駅で購入したスカイツリー形のチョコレートのお菓子を差し出す。包みを受け取り、由樹人の母親は「ああやだもう気を遣わないでね、まあーありがとう」と声を弾ませて笑った。小太りで髪を短くまとめた、笑い声が賑やかな人だ。緊張する律子へ、さっそく「りっちゃん」と娘を呼ぶように呼びかけてくれる。

日当たりのいい居間にはどことなく気の強そうな由樹人の叔母と、物静かでたおやかな由樹人の兄嫁にあたる紗奈《さな》さん、そして紗奈さんの二人の子どもたちがローテーブルを囲んで座っていた。子どもはどちらも小さく、片方は男の子で小学校低学年ぐらい、もう一人はまだおむつの取れていない女の子だ。全員分のお茶が運ばれ、親族の女たちはみな由樹人を楽しげに迎えた。

元気にしてたけ？　あんたちょっと痩せたんでねぇの。んなアアだのウンだの、小せぇ頃からあんたは愛想がねぇんだから。由樹人はなんだか大人しく、表情を引っ込めたままかけられる言葉に頷いたり首を振ったりしている。自分と二人でいるときよりも反応が子どもじみている気がして、律子は不思議な気分になった。

どこか目立たない場所に切り花でも飾ってあるのか、部屋中にうっすらと甘く冷たい花の匂いが漂っている。子どもたちが軽い足音を立ててローテーブルを囲む大人の周りを走り回る。男の子はお菓子を食べる紗奈さんの背中に何度も体当たりをして甘えていた。福島の言葉は、東京の言葉よりもいくつかの助詞が省略されてスピードが速く、平たい調子で語尾が上がっていく。ふとした拍子に叔母さんが由樹人へ聞いた。

「あんた、今もあのおもちゃ売ってる会社にいるの？」

「おう」

由樹人は新宿にあるポータブルゲームのソフトを作る会社に勤めている。続いて紗奈さんが律子の仕事を聞き、出版関係のデザイナーをしているという説明に「なんだかおしゃれね」とゆるく笑った。もしかしたら似た業種の知人が周りにいなくて想像しにくいのかな、と律子は少し申し訳なく思った。

地方にもいるといえばいるのだが、たくさんの会社と付き合いをしなければならないフリーランスのクリエイターは、交通の便のいい都心に集まる傾向がある。価値観の違う気取った女に大事な次男をとられた、と思われるのは辛い。それとも、考えすぎだろうか。この家に来てからずっと、緊張で頭が回らない。

「二人とも平日なのにお休みなの？」

「俺は納品したばかりで振休を消化中。リツは自分で仕事の予定を組んでるんだ」

「へええ、そっちは色々あるのね」

叔母さんに出会いのきっかけを聞かれ、「四年前に、友人が主催する合コンで」と律子が答えたところ、「やだ由樹人ってどんな風に女の子に声をかけるの！」と妙な方向で話が盛り上がった。あ、いえ、そんな変な感じじゃなくて、と受け答えする間も、由樹人はあまり表情を変えずに子どもたちと遊んでいた。

一通りの近況報告が終わり、ゆるやかに会話が絶えた。お茶をすすり、なにか会話の続く話題はないかと律子は頭を巡らせる。さっきから由樹人はさっぱり役に立たない。来訪者である律子がこの家になじめるようにと気を回してくれる素振りはみじんもなく、一人勝手にくつろいでいて、腹立たしい。

話題を探すうちに、駅前で見かけた赤い表示がふっと頭をよぎった。

「そう言えば、モニタリングポストって初めて見てびっくりしました」

「ああ、ねえ」

「私らはもう見慣れちゃったけど」

「もうね、ああ今日は風が吹いてるからちょっと高いなとか、そんなの」

「でも、郡山市はそんな高くないんですね。さっき駅前のを見たら、除染しなきゃいけない値の半分くらいで」

ちゃんと知っています、と示すつもりで言葉を足すと、三人の女たちは苦笑いをして肩をすくめた。

「いやね、色々なの。高いところもあれば低いところもあるのよ」

「ここらだとうらの竹やぶがまだちょっと高いんだっけ」

「あ、りっちゃんこれ見たい？　関東の方じゃあんまり見ないでしょう」

叔母さんがそばの棚からひょいと取り出したのは、白くて四角い手のひらサイズの機械だった。まるで体温計のように小さなグレーの液晶ディスプレイが付いている。スイッチを入れると、しばらく表示を点滅させた後、ディスプレイに０・１２の数字を映した。毎時０・１２マイクロシーベルト。

「いちおう前に配ってたからもらったんだけどさ、もう普段はほとんど見ないよ」

「そういうものですか」

「見ても、だからなんなんだって感じだしねえ」

一応こんなのもあるよ、と差し出された付属の説明書を受け取る。イラスト付きの、簡単な放射線被ばく早見表が付いていた。たとえば10マイクロシーベルトが歯科撮影一回分。１００マイクロシーベルトが東京とニューヨークを飛行機で往復。１０００マイクロシーベルトが国際放射線防護委員会（ＩＣＲＰ）勧告による医療被ばくを除く一般公衆の年間線量限度。指折りゼロを数えつつ、律子はもう一度目の前の小さな機械に目を戻す。

毎時０・１２マイクロシーベルト。単純に考えれば駅前のモニタリングポストと同様に、年間で計算しても１０００マイクロシーベルトには届かない。人体に影響があるかもしれない、とされる値には、更に二桁ほどゼロが必要だ。大騒ぎする方が変な気がする。とはいえ、問題は空間線量だけではない。農地に飛散したり、海に流出したりした放射性物質にも気を配り、万が一にも基準値を超える数値が検出された農作物や水産物が消費者の口に入らないよう継続して検査が行われているのだから、大変なことだ。

由樹人のお母さんが新しいお茶を運んできた。せっせとみんなの湯呑みに注ぎ足していく。

「やあね、ごめんね、りっちゃんにはせっかく来てもらったんだし、こういうの見せたいわけじゃなかったんだけど。いつもこんな話ばかりしてるんじゃないのよ」

「いえ」

「なあ、親父《おやじ》と兄貴は？」

いつのまにかローテーブルから離れ、姪《めい》っ子をお腹《なか》にのせて、庭に通じるガラス戸から日射しの差し込む位置に寝転んでいた由樹人が聞いた。

「まだ事務所だよ。夕方には帰ってくるから。夕飯には、いつものお寿司《すし》を食べようね」

お母さんの言葉に相づちを打って由樹人は手持ちぶさたそうに庭を眺めた。お父さんの趣味なのか、居間の正面には枝振りのいい盆栽の鉢がいくつも並べられていた。

お父さんは、顔が由樹人にそっくりだった。目元のそっけなさと、鼻の付け根の骨が前に出たわし鼻のかたちがよく似ている。由樹人の目尻にしわを刻み、髪の毛を薄くして、全体的に肉を落としたらお父さんになる。逆に、由樹人よりも頭半個ほど背の高いお兄さんは、丸顔で人の好《よ》さそうな眼差《まなざ》しがお母さんに似ていた。由樹人のお父さんは法律事務所を構えていて、お兄さんもそこで働いているらしい。いずれはお兄さんが跡を継ぐのだろう。

夕方に人数分のお寿司の出前が届いた。他にもお母さんが作った筑前煮《ちくぜんに》や味噌汁がテーブルに並ぶ。大人は上のにぎり寿司で、子どもたちにはサーモンといくら、桜でんぶと錦糸卵が花畑のように配置された小さなちらし寿司だった。ビールで乾杯をし、和やかに食事が始まる。

筑前煮も味噌汁も、律子の実家より味つけがいくぶん濃いめで、出汁《だし》の風味がくっきりと立っていた。なにか料理を作るたび、由樹人が「リツのは薄味」と言っていた理由がわかる気がする。自家製のぬか漬けもほどよい酸味と甘みが心地いい。由樹人を含めた男性陣はあまり口を開かず、主に女性陣が居間の空間を賑やかな会話の花で埋めていく。

寿司はネタが大きく、豪勢だった。きっと奮発してくれたのだろう。深い緋色《ひいろ》にぬらりと輝く、上等なマグロ。なまめかしく濡れたウニと透きとおったイカ、桜色の鯛《たい》。どれから食べようかと箸を迷わせながら、魚か、と思う。原発事故が収束していない。先日も海に汚染水が流出したと報道されたばかりだ。律子のそんな一瞬のつまずきを見越してか、テレビのバラエティ番組に笑っていた由樹人のお母さんがなにげなく言った。

「りっちゃん、そこのお寿司屋さんね、昔からの知り合いでちゃんと検査した安全な魚を使ってるから安心して食べてね」

「あ、はい」

信頼してね、と言われた気がして顔が熱くなった。そうだ、わざわざこんなに豪華な食事でもてなしてもらっているのに、私はなにを考えているのだろう。慌てて宝石のような鯛を口へ含む。嚙みしめると、香ばしく甘い脂《あぶら》が口いっぱいに広がった。

おいしい、と思わず口に出すと、テーブルの空気がふっとゆるんだ。そうだね今日のはおいしいね、とそばに座っていた紗奈さんが相づちを打つ。鯛は旬だから色がいいねえ、と叔母さんも続けた。筑前煮もお味噌汁もぬか漬けも、テーブルにのっているものはなにもかもがとてもおいしかった。

食後に食器を片付けて台所へ運ぶ。律子が洗い物を手伝おうとすると、お母さんは「いつもやってるんでしょう？　いいのよ今日ぐらいは休んで」と笑顔で首を振った。

二人が同棲していることは知っているのだろうが、お互いが働いているので、律子たちは日頃の家事を半々に分担している。けれどお母さんは、自分の息子が皿洗いをしているイメージは中々持ちにくいのだろう。もしくは、いつもやっていなかったら嫁として及第ではないぞ、という無言の念押しかもしれない。

余計なことは言わない方がいいかとあいまいに笑い、律子は濡れた皿をふきんでぬぐうのだけ手伝わせてもらった。

「由樹人はすごく無口で、ぼうっとしてんでしょう。もうね、子どもの頃からそうなんだわ、お兄ちゃんの陰に隠れちゃって。だからこんな都会の女の子を連れてくるなんて、びっくりしたわ」

「確かに、あんまり口数が多い方じゃないですね」

でも、ぼうっとしている印象はない。むしろ周囲をよく見ている方だと思う。初めて出会った合コンの席でも、酔い潰《つぶ》れそうになっていたメンバーにさりげなくグレープフルーツジュースを配っていた。ただ、実家に帰ってからの由樹人は確かにお母さんの言うとおり、東京で暮らす姿よりも主張が弱い気がする。男性とは、実家では猫をかぶるものなのだろうか。

手伝いを終えるとお風呂を勧められた。居間ではまだ由樹人とお父さんが野球を観ながらビールを飲み続けていた。お兄さん一家と叔母さんはそれぞれ徒歩圏内の自宅へ帰ったらしい。

「あー、駄目だ腰が入ってねぇ。こいつはいっつも勝負どころでびびんだ」

「でも俺けっこうこの選手好きだよ。なんかにぐめねえっつうか」

由樹人のしゃべり方がお父さんやお母さんと同じ、独特の癖を持つ福島の方言になっていた。急にビールをすする横顔が他人のもののように見えて、胸に小さな波が立つ。とはいえ、周囲がそのしゃべり方をしていれば、自然と習慣が掘り起こされるものなのかもしれない。二人とも試合に見入っていたので、律子はありがたく一番湯を使わせてもらうことにした。

脱衣所にはおろしたてのバスタオルとハンドタオルが用意されていた。服を脱ぎ、浴室へ入る。黄緑色のタイルが貼られた、古い、けれど清潔な風呂場だ。磨き込まれたステンレスの浴槽になみなみと湯が張られている。

ひた、と子どもだった頃の由樹人の裸足《はだし》の足音が聞こえた気がした。

この家はやっぱり、かすかな花の匂いがする。そんなことを思いながら二階の和室に敷かれた布団に寝転んでいると、階段を鳴らして由樹人が上がってきた。風呂に入ってきたのだろう。持参した寝巻きに着替え、まだ湿りの残る髪をタオルでふいている。律子のあとはお母さん、お父さん、由樹人の順に湯を使った。律子は湯から上がったあとも東京での暮らしについて、お母さんと居間でだらだらと話し続けた。お母さんは嵐《あらし》の松本潤《まつもとじゅん》が大好きらしく、彼の出演するドラマをすべて録画していた。今度ロケ地に行きましょうよ、と律子が東京観光に誘い、最後に由樹人が風呂に向かったところでお開きになった。

「お母さんたちは？」

「もう寝てた」

「そう」

ふう、と大きく息を吐いて由樹人は隣の布団へ寝転がる。一仕事終えたと言わんばかりの弛緩《しかん》した表情になんとなく腹が立って、律子は最近前髪が後退しつつある婚約者の額をひっぱたいた。

「いてえ」

「なにお父さんお母さんの前で猫かぶってんの。もっとしゃべってよ。間がもたない」

「えー。俺はもともと家でこんな感じだったし、わざとらしくしゃべるのも変だろ」

役に立たないなあ、とまた苛立《いらだ》ちで下腹の辺りがもやつく。けれどここで喧嘩をしてもいいことはない。はあ、と一つ息を吐いて、律子は少し拗《す》ねた風にも見える由樹人を見下ろした。湯上がりの彼は心なしか表情が幼い。

「どう、実家のお風呂。なつかしかった？」

「ちょっとはな。なんか、前よりぼろくなってたけど」

「福島弁しゃべっててびっくりした」

「俺、しゃべり方変わってたか」

「わからないものなの？」

階下の二人を起こさないよう自然と声が低くなる。由樹人はゆっくりとまばたきをした。

「あんなに緊張してる両親、久しぶりに見た」

「あ、そうなんだ」

「寿司のときとかな。いつもはあんなにしゃべんないんだ。うちは昔から祝い事のたびにあそこの寿司屋を使うんだけど、県外の人が放射能についてどのくらい気にするもんなのかあんまり知る機会もないし、リツがどう思うのか気になったんだろ」

「うーん。東京のテレビでさ、福島関連のニュースが流れるのって、原発事故の復旧作業でなにか悪いことが起こったときが多いじゃない。汚染水がこんなに漏れていたとか、設備が破損していたとか。夕方のトップニュースでばーんって」

「うん」

「だから福島といえば辛《つら》いとか大変とか汚染とか、そういう事故関連の深刻な印象ばかりがふくらんで、買い物したり、働いたり、盆栽やったり、子どものわがままをあやしたり、そういう生活のイメージが遠くなっちゃってたのは、正直、ある」

由樹人は天井を見上げて考え込み、やがて枕に頬杖《ほおづえ》を突いてこちらを向いた。

「安全な食べ物が流通して、モニタリングポストの値も変化していません。だから普通に変わりなく暮らしてます、ってニュースにならないからな」

「お寿司、豪華なのをごちそうしてくれて嬉しかった。お料理もぜんぶおいしかったし、歓迎しようとしてくれてるの、すごくわかったよ」

「おお」

部屋の照明を落とし、おやすみと声をかけ合って布団にもぐり込む。律子は暗い天井をじっと見つめた。今日一日で目にした景色がゆったりと目の前を流れる。新幹線の車窓、郡山駅前、日の当たるリビング。わかっていないと失礼だと思い込んだ、にわか仕込みの数字と知識。お母さんたちはたとえ私が震災や原発事故についてなにも調べずに訪れても、新しい家族として温かく迎えてくれただろう。むしろ、なんの変哲もない暮らしをしている人たちのところへ、そんな風に身構えて訪れたことの方が、よっぽど失礼だったのではないだろうか。もやもやと考え込んだまま、寝返りを打つ。なめらかな香りが鼻先を撫でた。

「この家、なんか花の匂いがしない？」

「からたちだな」

「からたち？」

「たぶん、家のうらの生け垣。白い花が咲くんだ」

「そうなんだ。——手、冷たい。握って」

「ん」

まだしっとりとした由樹人の手が律子の冷えた手を包んだ。そのまま引き寄せて、そちらの布団へ入れてくれる。腰のくびれのそばへ置かれ、寝巻き越しにもう一つの体から発される熱が皮膚へ伝わって、律子は安心して目を閉じた。

「ユキはこの家で育ったんだね」

「ああ」

「なんか不思議。楽しかった？」

「どうだろう」

まぶたの闇の向こう側で、由樹人がぽつぽつと呟く。

「兄貴の出来がよくてさ、いつも比べられてイヤだったな」

「へえ」

「内科医やってた祖父《じぃ》ちゃんが、自分がけっこう優秀だったもんだから、息子や孫もみんな医者か弁護士か、せめて地域に貢献する公務員じゃないとダメだ、みたいなとこがある人で」

「厳しいなあ」

「そう、割と厳しいことを言われてたんだってのも、就職で東京に出るまではわからなかった。だから、この家にいる間は、俺は俺のことがあんまり好きじゃなかった」

それで実家ではあまりしゃべらないのか、と律子は小さな納得をする。由樹人にとって、良いことも悪いことも含めた様々なことがこの家であったのだ。律子にとっての実家がそうであったように。

「私、ユキの会社が作ってるゲーム好きだよ。やってて楽しい」

「それはどうも」

低い笑い声が鼓膜を揺らす。一段一段、階段を下りていくように意識が遠のく。繋いだ手が温かい。

「でも、味方がいたんだ」

「ん？」

「柴犬で、サブローって名前の。もう死んじゃったけど、俺が荒れてた頃に親父が、お前が世話しなさいってもらって来てくれて……」

由樹人の声が眠気に溶けていく。律子はそう、と相づちを打った。眠りの海へ落ちる間際、香り高い生け垣をホットケーキ色の柴犬を連れて通り抜ける、不機嫌な高校生の後ろ姿が見えた気がした。


翌朝、卵焼きと紅ジャケ、茹《ゆ》でたほうれん草に鰹節《かつおぶし》と醤油をまぶしたものが並んだ食卓で由樹人のお父さんが思いついたように口を開いた。

「二人とも、今日も休みなんだべ。なら、どこさか観てったらいいんでねぇか」

お茶を入れていたお母さんがすぐに笑って頷いた。

「んだね、せっかくこっちまで来たんだから、遊んで行きなんしょ。会津《あいづ》はドラマのロケ地になったばっかりだし、いわきの方も水族館もハワイアンズも復旧したでしょう。由樹人、どこかにりっちゃんを連れてってあげなさい」

会津といわきの地理関係がわからずに振り返ると、由樹人は仕事は大丈夫かと言いたげに目を合わせた。律子は来週の予定をぐるりとおさらいする。特に急ぎの案件はない。むしろ、もてなしに不安を感じているらしいお父さんとお母さんの心情を思えば、どこかに立ち寄るのもいいかもしれない。

「行ってみたいな」

由樹人は頷き、んじゃいわきにでも寄るか、とスマホを取りだして交通手段を調べ始めた。郡山駅発の磐越東線《ばんえつとうせん》で、少し急いで身支度すれば間に合う時間帯の便が見つかった。お母さんがぱっと顔を輝かせる。

「磐越東線なら、途中で夏井《なつい》の千本桜が見えるかもね」

「夏井の千本桜？」

「きれいな桜の名所があるのよ。磐越東線は本数が少なくて、いわきへは高速バスで行くことが多いの。でも電車の方が見えやすいから、りっちゃん運が良いわ」

千本桜はまだ早いんじゃないか？　と会話を聞いていたお父さんが首を傾《かし》げた。

「あの辺りはだいたいゴールデンウィークが盛りだろう」

「そうねえ、あと一週間もあれば満開だったんだろうけど。まあ、五分咲きでもきれいだから、見ておいでよ」

名所観光を勧めながら、由樹人の両親はこれまでで一番嬉しそうに顔をほころばせた。そうと決まれば、と促され、律子は食事を終えたテーブルを立つ。ああお皿洗いなんていいから、りっちゃんは遅れないように支度して。顔洗うでしょ、タオル出すから待っててね、とお母さんの方が慌ただしく動き始めた。

二十分後、お世話になりました、と由樹人と一緒に玄関口で別れの挨拶をした。いわきでなにか買うかもしれないけどせっかくだから、と由樹人の父親は郡山銘菓の「ままどおる」や「くるみゆべし」、小さなチーズケーキにレモンで風味をつけたものだという「檸《れ》檬《も》」を詰め合わせた紙袋を渡してくれた。律子はありがたく受け取って頭を下げる。

「また遊びに来てね」

「はい」

手を振って、二人は由樹人の実家を出た。バス停の方角へ足を向ける。

「リツ、ほら。からたち」

由樹人に肘《ひじ》をつかまれて振り返る。彼が指差す先、家の裏側にあたる勝手口のそばの生け垣には、曲がりくねった枝に埋もれるようにして無数の白い花が顔を覗かせていた。確かに凛と涼やかな、どこか癖のある香りがそちらの方から流れてきている。みやびなものだと思って近づくと、白い花を抱いた枝は端々からにょきにょきと太いトゲを突き出していて、その思いがけない獰猛《どうもう》さに驚いた。

「あの、映画の『眠れる森の美女』のいばらみたい」

「すごいだろ。匂いもいいし防犯にもなるってんで、母親のお気に入りでさ。実も採れるんだ。果実酒にできる。けど、奥までとろうとすると、腕がひっかき傷だらけになる」

からたちの匂いはしばらくの間、肌に絡みつくようにして律子たちのあとをついてきた。

バスに揺られて郡山駅前へ戻り、出発の五分前に端っこのホームに止まっていた磐越東線にすべり込む。

「それで、私、大丈夫だった?」

ボックス席に向かい合わせに座って聞くと、由樹人は一瞬意味がわからないとばかりに首を傾げた。察しの悪さに多少苛立つ。

「へ?」

「だから、こう、息子が連れて来た婚約者として、変じゃなかった? ご両親の反応を見て、嫌われてない? 大丈夫だった?」

「大丈夫だろ。顔見せに来ただけなんだから、そんな細かいとこ誰も気にしないって」

間の抜けた返事に、律子は肩の力が抜けていくのを感じた。この、息子という馬鹿な生き物は、お母さんが私に向けた「いつもやってるんでしょう?」の含みなんて一生気づかないに違いない。

「いやだ。なんで男ってこういうとき、全然頼りになんないの」

「そう思うなら初めから聞くなよー」

言い合う間に電車はいくつかの市街地を通り、川を越え、林を抜け、若葉あふれる春の山へと入った。

「さっきお父さんが言ってた話、いまいちよくわからなかったんだけど。なんで他の場所の桜は満開なのに、夏井ってところの開花は遅いの？」

「その辺は阿武隈《あぶくま》高地で標高が高いんだ。福島県は新潟寄りの会津と、さっきいた郡山市が入る奥羽《おうう》山脈と阿武隈高地に挟まれた中通りと、太平洋に面してて暖かい、これから行くいわきが入る浜通りとで、東西に三つの地域に分かれてて、それぞれ全然気候が違う」

「へえ、じゃあけっこう地域によって雰囲気も変わるんだ」

「変わる。だって、暖かいから東北のハワイだ、って言って町おこししてるいわき市と、日本有数の豪雪地帯だって言われる会津とが同じ県にあるんだぜ」

由樹人は肩をすくめておかしげに笑う。それだけ福島が大きな県だということなのだろう。

リン、と由樹人のスマホが鳴った。メールが届いたらしい。画面に親指をすべらせ、由樹人はお、と短く声を上げた。

「なに？」

「いや、いわきに大学ん時の同級生が住んでてさ、連絡を取ってみたんだ。日中は空いてるから、車出してくれるって。いわき駅で待ってるってさ」

「いいね。お友達どんな人？」

「ごつくて一見近寄りづらいけど、いい奴《やつ》だよ。確か地元の会社にしばらく勤めて、そのあと親父さんの蕎麦《そば》屋を継いだんじゃなかったっけな」

ごとんごとんと間延びした間隔で電車が揺れる。

同じ車両に乗っているおばさん二人は、さきほどから癖の強い早口でしゃべっていて、律子にはほとんど内容が聞き取れない。けれど、由樹人にはちゃんとなんの話をしているのかわかるのだろう。東京では誰よりも近い二人でいられるけれど、この土地には私の存在よりもさらに深く、由樹人に染みついているものがある。嚙みしめるように思い、律子はぼんやりと車窓を眺めた。好きな人の起源がいとしく、同じくらいにうとましくもあるような、妙な気分だ。

「私ねえ、なんか落ち着かなかったんだ。震災のとき」

いつものように外の風景を眺めて眠りかけていた由樹人が、まばたきをしながらこちらを向く。無言で先を促され、律子は続けた。

「付き合って、半年ぐらいだったっけ」

「ああ」

「いつも一緒にいるユキの故郷なのに、カタカナでフクシマって呼ばれるようになった辺りから、なんかすごく特殊な遠い場所になった気がして、どんな心構えで行けばいいかとか、わからなくなった。なにか少しでも間違えたら、被災者の心を傷つけた、って誰かに怒られる気がして」

「んなことないだろう」

「うん、ぜんぶ想像なの。放射能やデマより、そういう感情的な部分ですくむ感じが一番あった。でもユキは普通に、実家や友達の家の掃除を手伝いに、ちょくちょくこっちに帰ってたじゃない」

「うん」

「だんだん、ユキの心の中には何が起こってるんだろう、こういう風に故郷が辛い目に遭うっていうのは、どんな苦しさを受けるものなんだろうって、ユキと同じように震災を受け止められないことが、こわくなった」

愛する人の大切なものを、その人がするのと同じように大切にする。それがこんなに難しいことだなんて思わなかった。由樹人は少し黙って考え込み、目を車窓へ移した。視界を埋める山の木々が、濡れた眼球の表面に葉影を落として流れていく。律子は慎重に続けた。

「それで今回ユキの家に行ったら……なんか、みんな普通に暮らしてて、やさしいし、けどうちの親戚とそっくりなめんどくさい部分もちゃんとあって、そりゃそうだよなって。自分の頭の中で作ってた『フクシマの被災者たち』みたいな変な像と、全然違った」

「うちは普通だよ」

「うん」

「実は母親と紗奈さんの性格がすっげー合わなくて、裏にどろどろの嫁姑問題があるってとこまでフツー」

「あはは」

「だから二人がそろう時には、間を取り持とうと美津子《みつこ》叔母さんが顔を出すんだ」

おのにいまち、と車内のアナウンスが告げる。会話をやめて外を見ると、田畑の向こうに背の低い日本家屋が点在する穏やかな町が広がっていた。数分後、電車が駅から遠ざかるにつれて、また視界は青々と茂る春の山に吞《の》まれた。

「福島にもそりゃ色んな人がいるだろうけどさ。少なくとも俺の親父や母親は、被災地のために遊びに来ました、なんて接し方をされるよりも、美味《うま》いもの食って、きれいなもん見て、楽しんで帰るよ、っていう方が嬉しいと思う」

それはきっとそうなのだろう。桜を見て行きなさい、どこかに寄って楽しんで帰りなさいと勧める時、由樹人の両親の顔は震災絡みの話をしていたときの何十倍も輝いた。

山を抜けた辺りから、次第にぽつりぽつりと桜の木が目につくようになった。確かにまだ満開には早いようだが蕾《つぼみ》の半分以上は開いていて、淡く光るような色合いが眩しい。東京ではとうに過ぎ去った爛漫《らんまん》の季節がこれから盛りを迎えるのだ、という明るい予感に満ちている。

桜は次第に数を増し、磐越東線と並行して流れる夏井川の両岸にほんのりと輝く花の帯が現れた。線路脇にも桜が並び、視界が薄紅色で埋めつくされる。川べりの桜の下にはちらほらと提灯《ちょうちん》や、観光客向けなのだろう出店まで見られた。美しい景色に、律子はうっとりと口を開いた。

「きれいだねえ。天国みたい」

「盛りの時期には和服姿の踊り子さんが並んで踊ったり、夜桜をライトアップしたりしてるんだ。子供の頃、家族で来たな。母親と叔母さんで重箱いっぱいに弁当詰めて」

「寄りたいな」

「だーめ。この線、本数がほんとにないんだ。それに、いわきで宍戸《ししど》が待ってる。また今度、車で来よう」

発車のビープ音が鳴り、扉が閉まる。惜しみつつ、ゆっくりと桜の里から遠ざかった。

いわき駅のホームに降りた瞬間、律子は体を包んだ空気の暖かさに思わず周囲を見回した。内陸部に比べ、風が心なしか湿っている。海に近いせいだろう。郡山駅ほどの規模ではないものの、駅舎はこれまで車窓から見た磐越東線の小さな駅とは比べものにならないくらいに大きい。ホームの上階にあるガラス張りの通路から見下ろした町並みは道幅が広く、建物一つ一つの間隔が空いているため、どことなくのどかな印象を受けた。

改札を出ると、町の向こうに青々と光る山が連なっているのが見えた。そういえば、福島はどこにいても遠景に大小の山が望める。

由樹人の同級生の宍戸さんは改札の左手にある広場に車を停めて、幼稚園児ぐらいの女の子を膝に乗せていた。確かにごつくて、体格がいい。身長も百八十はあるだろう。昔ヤンキーだったと言われたら信じたくなるような、大作りで荒っぽい顔立ちをしている。けれど律子たちを見つけて片手を挙げた途端、目尻に笑いじわが一本刻まれて、印象が朗らかにくだけた。

「横チン、ひさびさ」

「横チン言うなこのやろう」

由樹人の名字は横山《よこやま》だ。大学時代のあだ名だろうか。由樹人はまじまじと宍戸さんの足もとに立つ女の子を見下ろした。

「え、シッシーの娘？　もしかして」

「娘、娘。カミさんが家の掃除するから連れてけって。おら亜由美《あゆみ》、挨拶」

ししどあゆみです、よんさいですっ、とポニーテールを揺らして女の子は勢いよくお辞儀をする。律子もそれにつられたように「大崎律子です」と挨拶した。亜由美ちゃんにつられて、年齢まで言うところだった。

「んで、どこ行く？　てか横チンと律子さん、今夜はこっちに泊まるのか？」

「いや、夜にはスーパーひたちかバスで帰る」

「了解。それじゃあそうだな、天気もいいし、塩屋埼《しおやざき》灯台とアクアマリンでも行くか。帰りに駅前まで送るから、うちで一杯飲んで行けよ」

宍戸さんの車は銀色のミニバンで、中には亜由美ちゃんが好きだというリラックマのぬいぐるみがあちこちに置いてあった。助手席に由樹人、チャイルドシートが置かれた後部座席に律子と亜由美ちゃんが並んで座る。宍戸さんは亜由美ちゃんのベルトを留めてから運転席に座り、ゆっくりと車を発進させた。後ろへ流れていく町並みを眺め、由樹人が口を開く。

「なんか前に来たときより、駅前の店、増えたか？」

「増えた増えた。人口が増えたんだ。避難地域の住民が二万四千人だか、ドドッと入ってきてる。いわきは線量も低いし、気候もいいから住みやすいんじゃねーの。おかげでアパートもマンションもいっぱいで、地価も上がってる。うちもよそも、飲食店は金曜の夜にはどごも満席で、まるでバブルだ」

「へえ、なら良いべ」

「いやあ、病院とか公共サービスは人手不足だって悲鳴あげてるわ。仮設住宅もそこらじゅうにできたし、ちっと雰囲気変わったとこもあんな」

由樹人の口調が、お父さんと話していたときのように、自然とこちらのしゃべり方になっていた。ちらちらと頰をくすぐる亜由美ちゃんの目線を感じ、律子はそちらへ顔を向ける。目が合うのを待って笑いかけると、亜由美ちゃんは照れくさそうにうつむいてもぞもぞとお尻を動かした。

車は沿岸の方へと向かっているらしい。よく晴れた海の群青色が、時折ちらりと視界をかすめる。

ハンドルを握っていた宍戸さんが周囲を見回し、首筋を搔いた。

「あーれー……どっちだったかな」

「なにが?」

「いや、なんか景色変わって、道わかんなくなっちまった。こっちか？」

「いいよ、急いでねぇし。ゆっくり行くべ」

林を抜けたところで、やけに茶色く平たい一帯が目の前に広がった。それは奇妙な場所だった。海に面した見通しのいい土地にコンクリートの残骸がたくさん埋まっている。一拍おいて、律子はテレビのニュースで観たのとまったく同じ光景が目の前に広がっていることに気づいた。宍戸さんが少し慌てた様子で、ど真ん中に入っちまった、と呟く。

「あの、宍戸さん、このコンクリートの四角いあとって、もしかして家の土台ですか」

「あー……うん。いわき市も沿岸部はけっこう津波の被害を受けたんだ。この辺は震災前にはけっこう有名な海水浴場と、民宿や観光施設、あとは奥の方まで住宅地があったんだけど、地域が丸ごと津波にやられた」

「そうなんですか……」

茶色く単調な景色に、ぽつりぽつりと人の住んでいないがらんどうの家が浮島のように残っている。海岸には土砂を詰めた黒い土嚢《どのう》が堤防の代わりにいくつも積み上げられていた。車窓から眺めていた由樹人がぼんやりと呟く。

「震災から三年経っても、こんな景色なんだな」

「緑地化だか高台移転だか、地域によって色々だろうけど。まだこれからだろーな」

一キロ半ほどなにもなくなった土地を走り抜け、道路に戻った車はやがて高台の広場で停まった。視界いっぱいに色鮮やかな海が広がる。広場には土産物屋と、なにやら石碑が建てられていた。車を降りた途端、哀愁を帯びた女の歌声が耳を打つ。

「え、なんですかこの声」

「ああ、なんか、美空《みそら》ひばりのゆかりの地なんですよ。『みだれ髪』って、ここの塩屋埼の海をテーマにしてるらしくて。ほら、そこの歌碑から流してる」

「夜にここに来ると怖そうだな、なんとなく」

「あはは」

ひとしきり笑って頭上を仰ぐと、丘の上に白く輝く塩屋埼灯台が見えた。青空によく映えている。

亜由美ちゃんを背中に負ぶった宍戸さんを先頭に、灯台へ続く小道を上った。

「今日は海がきれいだな。いろんな色が出てる」

宍戸さんが嬉しそうに目を細めた。海はライトブルーに輝く浅瀬から沖へ向けて次第に色を深めていき、水平線の間際でラピスラズリのような光沢のある瑠璃《るり》色に変わった。かいがらほしい、と亜由美ちゃんがねだり、かいがらはまたこんどハワイアンズで買ってやるよ、と宍戸さんがあやした。

近くで見ると、春の穏やかな日射しを受けた白亜の灯台はますますきらめいて美しかった。虹色の万国旗が周囲ではためいている。なんでも震災で被害を受けて閉鎖していたものの、昨年の十一月に修理を終えて再オープンしたらしい。料金を払い、中の螺旋《らせん》階段を上ってテラスへ出ると、周囲の海と山とが一望できた。清々しい景色に心が洗われる。

「あの辺がさっきの場所ですか」

地形の関係でそう多くは見えないものの、陸地の端に茶色く平たい箇所がある。律子が指を差すと、宍戸さんはわずかに顔を曇らせて頭を掻いた。

「横チンがせっかく婚約者連れてくるっつーから、なるべくいい思い出になるような場所だけ連れて行こうと思ってたんだ。だから今ちょっと、しょっぱなから失敗したって思ってる」

「なに言ってんだ」

由樹人は目尻をゆるめて苦く笑い、見られてよかった、と呟いた。雲の端が太陽をかすめ、海がほんの一瞬、淡い銀色に染まる。眩しさに、律子は目を細めた。手すりにもたれて海を眺める由樹人と宍戸さん、亜由美ちゃんの姿が白く眩《くら》み、本当は律子よりも緊張していたらしいお母さんの食卓での笑い方や、用意していたお土産を差し出すお父さんの指がまぶたに浮かんだ。からたちの生け垣。家を出たかったこと。福島大学で、由樹人と宍戸さんはどんな学生生活を送ったのだろう。

まばたきをする。雲が太陽から離れ、海の色がゆっくりともとの群青色に戻った。

昼食はアクアマリンふくしまのそばの物産センター内のレストランで食べた。律子はねっとりと濃厚なねぎとろ丼、由樹人は色とりどりの海鮮丼で、宍戸さんは量が多めの海鮮膳を頼んで亜由美ちゃんと二人で分けていた。レストランの大きな窓からは小名浜《おなはま》港の景色が一望でき、ぼんやりと光る海面を眺めるだけで穏やかな時間が過ぎていく。

食後のお茶をすすり、宍戸さんがにっと口角を上げて笑った。

「あの水族館は、腹をいっぱいにしてから行った方がいいんだ」

「なんだよそれ」

「まあ、行ってみりゃわかるさ」

ぴりかに会いに行く、ぴりかっ、とはしゃぐ亜由美ちゃんを先頭に、物産センターを出て水族館へ向かう。水族館は丸みを帯びたガラス張りの建物で、まるで巨大な温室のようにも見えた。

宍戸さんの言う意味はすぐにわかった。この水族館は福島沖にある黒潮と親潮がぶつかってできる豊かな漁場、潮目を一つのテーマとしていて、マグロやサンマ、イワシといったいかにもおいしそうな魚が大量に飼育されていた。

「サンマを水族館で見るのは初めてかも……」

律子はサンマの大水槽の前で動けなくなった。初めて目にする生きたサンマは、まるで切れ味の鋭いナイフが縦横無尽にひらめいているみたいで、びっくりするほど美しかった。

「ん？　サンマって他の水族館じゃいないものなのか？」

「いないよ、見たことないもん」

ふうん、と意外そうに相づちを打ち、傍らに立った由樹人は目を細めて水槽を見上げた。

潮目の海だけでなく、水族館にはさまざまなテーマの展示物があった。北の海、サンゴの海といった生態の異なる海の水槽。ただ珍しい魚を展示するだけではなく、川の源流から海までの環境を順を追って展示したりと、来訪者に自然の仕組みを伝えようという意思が強く感じられる施設だった。

亜由美ちゃんの言う「ぴりか」とは、エトピリカのことだった。黒く小さな海鳥で、オレンジ色の鮮やかなクチバシを持っている。エトピリカとはアイヌ語で、クチバシが美しい、という意味があるらしい。全体的に丸みを帯びたかわいい鳥で、亜由美ちゃんはエトピリカの水槽から十分近くも離れようとしなかった。

エトピリカの次は、アザラシ、さらにはトド、とお気に入りの水槽に差しかかるたび、足に根が生えたようになる亜由美ちゃんをなだめすかして水族館を出た。駅前へ戻り、夕方には路地の一角にある宍戸さんの蕎麦屋へ入った。

蕎麦屋といっても、引き継いだ後には改築して、居酒屋的な色合いを強く押し出すようになったらしい。二十席ほどの小さな店だ。使い込んで艶の出たカウンターの向こうで仕込みをしながら、宍戸さんは婚約祝いに、と地酒とメヒカリの唐揚げ、おろしそばを出してくれた。三人でグラスを掲げて乾杯する。

お前ら最後はどこに住むの、と手元でたくさんの作業をしながら宍戸さんは聞いた。ゆっくりと舐めるように日本酒をすすり、由樹人は首を傾げる。

「ん？　なんでそんなこと聞くんだ？」

「いや、だってよ、想像つかなくて。俺は長男だし、親父の店もあるし、生まれたとこで生きてくこどを選んだから。お前みてぇに県外に出て、東京の嫁さん見つけてって奴は、行く末どう考えてんだろうなぁって思う。そっちはどんな感じだ？」

「どうだかなあ」

ばく然とした返答に、ぱっとしねえな、と呆れた声で言って宍戸さんは律子へ振り向いた。

「こんな奴だけどよろしく頼みます。今度は泊まりで遊びに来て下さい。ハワイアンズ連れてくんで」

「はい」

予約でいっぱいになっている店が開く前に、お酒を飲み干して席を立った。藍色《あいいろ》の暖簾《のれん》を持ち上げた宍戸さんに手を振って、ほろ酔いの心地よさを噛みしめつつ駅へ向かう。特急券を買い、律子たちはホームにすべり込んできたスーパーひたちに乗り込んだ。

「宍戸さん、いい人だね。亜由美ちゃんもかわいかった」

「おお」

生返事をしてしばらく暗い窓を眺めていた由樹人は、電車の出発から間を置かずに、ゆるりと律子の手を握った。酒を飲んでいても相変わらず律子の指の温度は低く、由樹人の手のひらの熱をじんわりと吸った。

「最後はどこに住むかなあ」

宍戸さんが彼の家族と決めたように、この世でたった二人、律子と由樹人だけがそれを決めることができるのだ。海の色と山の匂い、眩《まばゆ》いほどに白い灯台と、桜を見に家族で出かけた思い出。好きだったこと、嫌いだったこと。私はこの二日間で、由樹人の家族のことでも友人のことでも、福島のことでもなく、ただ由樹人のことを知ったのだろう。どんな答えでも構わない、一緒に考える。そんな心地で、律子は由樹人の横顔に問いかけた。

「郡山に帰りたいって思う?」

「いや、あそこは兄貴のテリトリー」

「関東?」

「それもいいけど」

ゆっくりとまばたきをして、由樹人は口を開いた。

「今は無理でも、できればいつか巡り巡って地元に役立つような仕事がしたいな。だから、あんまり離れたくない気はする」

「いいんじゃない。私はー……仕事を考えると、都内に一時間かそこらで行けるとありがたいかな」

それからぽつぽつとお互いの条件を交わしていった。子育てのしやすいところってどこだ、親族の介護もあるな、食べ物がおいしい方がいい、海の近く? いや、潮風でいろいろ錆びるから。そんな適当な思いつきを重ねていく。最後に由樹人が、ぽつりと言った。

「山が見えるとこ」

「山?」

「落ちつくんだ。なんとなく」

そう呟いて、彼は眠たげに窓枠に頭を預ける。横顔を見ているうちに、自然と口元がゆるむのを感じた。

「ゆっくり決めればいいよ」

そう口にした瞬間、律子は東京にある父の家の匂いや、からたちの匂いをまとったまま、自分たちがそこから一歩、遠ざかるのを感じた。

由樹人は数分も経たないうちに寝息を立て始める。その肩にこめかみを預け、律子もまた目を閉じた。特急列車は内部に光を溜めたまま、夜の町をものすごい速度で駆け抜けていく。

菜の花の家

樹陰に覆われた森の中の石段を一段一段、ゆっくりと登っていた。草木の水気を含んだ空気は甘く、一呼吸ごとに肺が潤んで柔らかくなっていく気がする。石段の両わきの樹木は濃い緑の葉を旺盛に茂らせて、空を狭めるほど背が高い。

神秘性すら感じる、静かな美しい場所だ。それなのに、自分はそれを楽しめない。なぜなら石段の段差がやけに大きく、傾斜も急で、一段登るごとに体中の力を振り絞らなければならないからだ。痺《しび》れて重くなった膝をめいっぱい持ち上げ、ようやく次の段に爪先がかかる。膝の軋《きし》みをこらえて体を引き上げると、背中に水のような汗が噴き出した。

先を見たら歩けなくなる、とわかっていたのに魔が差した。顔を上げる。目の前には、断崖のような石段が空の高みまで続いていた。は、は、と荒い息をして、思わずその場にへたりこむ。先を行く連れ合いに声をかけた。

もう俺はここに残るよ。この先はあんた一人で行ってくれ。

口に出した瞬間、強い風がどっと胸のうちを通り抜けた。そうだ、本当にそうだ。この人と歩調をそろえるのは急な石段を登り続けるのに似て、本当に大変なことだった。俺はずっと、この人から離れたかった。欲望を自覚すると同時に、水っぽい気持ちが込み上げて鼻の奥がつんと痛む。

先を行く人は歩みを止めない。こちらを振り返ることもせず、着実に石段を登っていく。

なに言ってるの、早く来なさい。

もういやだ。付き合いきれない。

そんなことを言ったって仕方ないでしょう。

ほっといてくれ。一人になりたい。

その人はやっと足を止めてこちらを振り返った。冴えた印象を漂わせる群青色のワンピースに、品のいい真珠のネックレスを合わせた小柄な女だ。射るように人を見る両の瞳から、気の強さが濃くにじみ出している。この服装は覚えている。授業参観だの、面談だの、そんな時によく着ていた一張羅《いっちょうら》だ。そういった場に立つ女は誰よりも毅然《きぜん》として美しく見えて、誇らしくて、大好きだった。ルージュの塗られた唇を迷うように動かし、やがて女はため息をついた。

そう、じゃあ、周りの人と仲良くしなさいね。

興味が失《う》せたように言って、女は石段を再び登り始めた。かつ、かつ、と小気味よいハイヒールの足音が繰り返される。妙に意地を張りたい心地になり、女の方は見ずにそばの杉の木の枝ばかりを見つめた。かつ、かつ、かつ。音はけしてためらうことなく遠ざかる。

次に振り返ったとき、女の姿は石段の果てに消えていた。風船がしぼむように肩の力が抜けていく。こんなきつい石段を、もう二度と、登らなくていいのだ。ぼう然と、白い空が日暮れの色で染まっていくのを眺める。網膜を焦がす茜色が、みるみるうちに葡萄《ぶどう》の実をしぼったような赤紫色に沈んでいく。

青白い星がうっすらとかかる頃、石段の上方を見上げた。女は望む場所に着いただろうか。俺のことももう忘れただろうか。

途端に嵐のようなさみしさが込み上げて、石段に足をかけた。感覚のない足を引き上げ、つんのめりながら段を登る。一段、二段、三段。頂上は一向に近づかない。四段、五段、六段。すぐに足の力が抜けた。一体なにをやっているのだろう。呼吸の苦しさに喘《あえ》ぎながら体の向きを変え、悲しい気分で薄暗い石段を下りる。

距離を見誤り、ふいに石段からかかとが外れた。両手が宙を掻き、体が落ちる。

あ、と思った次の瞬間、武文《たけふみ》はびくりと体を震わせて新幹線のシートで目を覚ました。

まばたきをするたび、まぶたに焼きついた石段の景色が遠ざかる。全身に悪寒《おかん》のような浮遊感が残っていた。どこかから落ちる夢はいつもこうだ。寝ていたのに余計に疲れた気分で車内の電光表示を確認し、円い窓の外を覗いた。どうやら郡山を出たばかりらしい。ビルや建物が密に並んだ都市の景色がほろほろとほどけ、田畑や林が視界を埋める割合が増えていく。遠くに見える青い山々は阿武隈高地だろうか。

背後から車内販売のワゴンがやってきた。コーヒー、お茶、おつまみ、ビール、東京土産などもございます。やり過ごそうと思うも、女性販売員のなめらかな声にふと我に返る。そういえば、土産を買っていない。

「東京ばな奈を二箱」

「かしこまりました、二千百六十円でございます」

平たい箱を受け取る際にちらりと見上げた女の顔は、割と若くて美人だった。いい気分で、ついでに眠気覚ましのコーヒーも注文する。ハイヒールから伸びた引き締まった足首が遠ざかっていくのを眺めつつ、熱い液体を一口すすった。苦みが脳へ染み渡り、徐々に頭がはっきりする。若い頃の母親と階段を登るだなんて、変な夢を見たものだ。

故郷に顔を出すのは母親の三回忌法要以来だから、四年ぶりだ。生まれてこの方一つの市内に住み続けた母は近所付き合いが旺盛で、三回忌法要には親戚の他、多くの友人や知人が参列した。式典のあとは参列客を自宅へ招いての宴席となる。兄嫁や自分の二つ上の姉、親族の女たちは忙しく台所と居間を往復し、男たちは男たちで酌をしたり話題に気を配ったりとお客をもてなす役割をこなす。今年は七回忌で、三回忌よりも規模はいくらか小さくなるだろうが、展開にそう変わりはないだろう。去年の誕生日で三十五を過ぎ、酔っぱらった親族や知人からの結婚に関する追及がますます激しくなるだろうことを思うと気が塞《ふさ》ぐ。

車窓を流れていく田園風景に向けてため息をつき、武文はノートパソコンを取りだした。週明けの打ち合わせで取引先へ提出する企画書に手を入れる。武文は主にインターネット上の広告を扱う代理店に勤めている。

パソコンが苦手だった母親は、ＩＴバブルのドキュメンタリーを観た際に一体どんな誤解をしたのか、ＩＴ業界とはどこも非常に不安定な職場である、という頑固な思い込みを持っていた。知り合いのツテでいい働き口があるから、そんな仕事をしていないで帰って来い、とことあるごとに電話をかけてきて、武文がいくらうちの会社は大丈夫だと説明してもあまり理解しようとしなかった。古い体質の人だから仕方なかったのだろう。

思えば、母親とは幼い頃からそんな行き違いばかりだった。子供への情が深く、けれど同じだけ、執着や干渉や注文も多い。

中学の頃、絵が好きなので美術部に入りたい、と言ったら、美術部なんて根暗で弱い子供の集まりだ、お兄ちゃんのようにスポーツをやりなさい、と言われた。いくら抗弁しても母は自分の正しさを疑わず、結局兄と比べられるのがいやで武文は陸上部に入った。なんでこんなことを思い出さなければならないのだろう。もう一つため息をつきたい気分で作業を続ける。

あっという間に三十分が過ぎた。まもなく仙台、というアナウンスに気づき、データを保存してパソコンをしまう。ナイロン製のパソコンバッグと東京ばな奈の包みを提げ、他の乗客に続いて新幹線を降りた。人の流れに乗って、バスターミナルのある西口を目指す。

仙台駅のメイン玄関である西口は、訪れるたびに新しいビルが建っているか、テナントが入れ替わっているような錯覚に襲われる。武文は大学進学に合わせて上京し、それ以来故郷とは疎遠になった。

社会人になって間もなく、なんらかの用事で帰省したら、長らく通っていた駅前のａｍｓ西武がロフトになっていて妙なさみしさを感じた。数年前に仙台パルコができた際にはずいぶん便利になったと感心したものの、町がお洒落になりすぎて落ち着かない気がした。とはいえ、一度新しいものができるとそれ以前の町の景色がよく思い出せなくなる。否応《いやおう》なしに慣れていくし、これからもそうだろう。ただ少し、慣れるまで尻のあたりがむずむずするだけだ。実家の近くの停留所へ向かうバスへ乗り込み、二十分ほど、変わっていく町並みを眺めて揺られていく。

武文の実家は低い山に囲まれたベッドタウンの一角に位置する、二階建ての古い和風建築だ。家の側面を囲むかたちで十坪ほどの庭がついている。なんでも武文の祖父が戦後、地価が高騰する以前に縁あって安く手に入れた土地らしい。家の中は広く、長い廊下に和室がいくつも連なっていて、趣味に明るかった武文の祖母が生徒を集めて日本舞踊の教室を開いていた時期もあったという。年末年始の餅つきなど、親族間の集まりには広いからという理由でよくこの家が使われた。母が亡くなった今、実家には武文の兄夫婦が二人で暮らしている。

西松《にしまつ》と表札がかかった門をくぐり、玄関を開ける。広い三和土《たたき》には黒い革靴やハイヒールがずらりと並んでいた。僧侶が来るまであと一時間はあるはずだが、気の早い参加者がすでに到着しているらしい。西松家の親族は誰も彼もが宮城県内か福島や岩手といった近隣県に住んでいるので、それ、と号令をかけるとあっという間に人が集まる。靴を脱ぎ、爪先立ちになって上がりがまちへ移動した。

和室の方から賑やかな歓談の声と、子供の泣き声が聞こえる。先に台所へ顔を出すことにした。姉の淑子《としこ》と、兄嫁の可奈子《かなこ》さんが慌ただしく作業をしている後ろ姿が見える。

「ちぃす、どーも」

「あ、タケちゃん」

「お久しぶりですー」

「聞いてよ、もう、大変なのよ。今年も前と同じお寺の住職さんに頼んだんだけどね。さっき電話がかかってきて、なんか住職さんが、長持ちを片付けてる途中にぎっくり腰になっちゃったんだって」

「なんだそりゃ」

「代わりの人が来てくれることになったんだけど、他のおうちの法事もあるから、予定より三時間ぐらい遅れるらしいの」

「えー、じゃあそれまでずいぶん暇になるな」

「暇じゃないよ！」

なにげなく言った一言に、淑子はぎゅっと眉をつり上げた。なにやら機嫌が悪いらしい。

可奈子さんはにこやかな表情を変えずに、暇じゃないんですよー、と間延びした声で相づちを打った。

「ほら、三時に法要が終わるなら、中途半端な時間だし、本当にただ飲むだけって言うか、お寿司とって、おつまみがちょっとあればいいかなーってぐらいじゃないですか」

「でも、夕方の六時に法要が終わったら、そのあとはもうがっつり夕ご飯だもの。買い出し行かなきゃだし、食器の数も確認しなきゃだし」

あんたはわかんないだろうけどこれっぽっちも暇じゃないのよ、とばかりに睨んでくる淑子から顔を逸《そ》らす。面倒な地雷を踏んでしまった。

「じゃあ俺、挨拶してくるから」

「あ、仏壇。まず仏壇に手を合わせるのよ」

「はいはい」

そそくさと台所をあとにする。四年前に訪れたときとは、実家の雰囲気がだいぶ変わっていた。母が生きていた頃に使っていた、やたらと古めかしくて重たい家具や花瓶が撤去され、代わりに可奈子さんの趣味なのだろう華やかで軽いアジアン雑貨が幅をきかせている。縁側から見える庭の景色も、前は花木が慎《つつ》ましやかに咲く落ちついた日本の庭といった風情だったのに、いつのまにか敷地の奥の方がレンガで区切られた菜の花畑になっていた。いっぱいに咲いた黄色い花が午後の日射しを受け、場違いなくらいに眩しく光っている。気を使っていた姑《しゅうとめ》がいなくなり、可奈子さんは自分が住みやすいよう、順調に家を改造しているようだ。

仏壇の置かれた一番広い和室には兄の鷹夫《たかお》を始め、黒や濃灰の抑えた色合いの服を着た親族や母の友人など、合わせて十人ほどが来客用の大きな座卓を囲んでいた。

「おお、タケちゃん。元気にしてたか」

「伯父《おじ》さん達もお久しぶりです」

「あー、タケちゃんどんどんお父さんさ似てきたねえ」

見たところ子供は、高校の学ランを着た父方のはとこぐらいしかいない。もっと幼い声がしたはずなのに、と不思議に思う。

「なんか泣き声がしなかった？」

問いかけに、伯父の一人がああ、と頷いた。

「さっきモモちゃんがトシちゃんに叱られてさあ。泣いて二階さ行ったんだ。落ちついた頃に様子見に行こうと思ってよ」

モモちゃんとは今年三歳になった淑子の娘で、武文にとっては姪《めい》っ子《こ》に当たる。淑子は二年前に旦那と別れ、宮城県内で大学の職員をしながら一人で百花《ももか》を育てている。去年の暮れ、福引きに当たったって大人用のチケットが二枚手に入ったから百花をディズニーランドに連れて行きたいんだけど、と淑子に相談され、武文は荷物持ちと子守りを手伝った。夢の国に興奮した百花は一日中ぴょんぴょんと跳ね回っていて、迷子にならないよう捕まえておくのが大変だった。

なにかあったの、と問う意味合いで鷹夫に顔を向ける。だんだん前髪が後退してきた六歳年上の長男は、相変わらず人は好いけれど幸の薄そうな顔に苦笑いを浮かべ、「大人ばかりで退屈して、ぐずってるうちに仏壇の横の菓子鉢を蹴っ飛ばしちゃったんだ」と肩をすくめた。淑子は百花の礼儀作法に厳しい。あらま、と相づちを打って仏壇に向かい、武文は正面に置かれた座布団に正座をした。

仏壇には祖父母の夫婦位牌の他、武文の両親の位牌が入っている。線香に火をともし、リンを鳴らして手を合わせた。

父親が脳卒中で亡くなったのは武文が十五歳のときだった。当時は衝撃を受けたけれど、まさかその十五年後に母親がまったく同じ病で父親のあとを追うことになるなんて、なおさら思ってもみなかった。

俺らの血管もたぶんそうとう詰まりやすいぞ、と母親の葬儀を終えた夜、喪主をつとめた鷹夫は疲れきった声で言った。塩分控えて、水分とって、運動するぞ。そういえば味つけの濃い家だったしねえ、と淑子が相づちを打つ。はは、と武文は力なく笑い、兄弟三人でやつれた顔を見合わせた。こんなにひどいことがあるのか、とまったく理解できない前衛芸術でも見ている気分だった。あとで聞いた話だが、母方の家系はこれまでにも心疾患や脳血管疾患で亡くなる人が多かったらしい。それ以来、武文は常に飲料水のペットボトルを持ち歩き、のどの渇きを感じる前に水を飲む癖をつけるようになった。味噌も減塩を選んでいる。気休め程度だが、しないよりはマシだ。

仏壇へ挨拶を終えて、わいわいと会話の弾む座卓へ着く。

「坊さんが腰痛めたって？」

「んだんだ。ほらあの寺、改修工事が終わったばかりだべ。じいさん掃除はりきりすぎたんじゃねえべか。代わりに若いのが隣町から来るっていうから」

「ほらタケちゃんもエキソンパイ食べな。萩《はぎ》の月《つき》もあるし、あーあと、まっちゃんが買ってきた、小岩井《こいわい》農場のクッキーも」

「あ、俺も東京ばな奈買ってきた」

それぞれが持ち寄った銘菓を広げ、近況を語り合う。家族について、商売について、東北楽天ゴールデンイーグルスについて、最近近所にできた便利な施設について、淑子に早く新しい旦那を見つけてやらなければモモちゃんがかわいそうだということについて、そういえば鷹夫くんのところは子供は作らないのか、タケちゃんも東京でいい人はいないのか。面倒でやっかいな話題を半端に笑って流していくうちに、背後の襖《ふすま》が開いた。タケちゃんちょっと、とエプロン姿の淑子が手招きする。これ幸いと席を立った。

「どうした」

「悪いんだけど、ちょっとモモを連れて散歩に行ってきてくれない？　さっきからぐずりっぱなしで大変なの。私には甘ったれだけど、他の大人の前だとけっこう見栄《みえ》っ張《ぱ》りでいい子だから、タケちゃんと一緒に出かけたらおとなしくなると思うのね」

「いいけど……」

この辺りに、三歳児が喜びそうな場所なんてあっただろうか。考え込んでいると、淑子は唇の両端をにっと不敵に持ち上げた。

「ふっふっふ、こんなこともあろうかと、場所は用意してありますとも」

「おお、さすがママ」

「私の車使っていいから、ここに行って欲しいの」

淑子はスマートフォンを取りだした。画面にはカラフルでやけになじみ深い、丸っこいイラストが表示されている。

「アンパンマンこどもミュージアム？　どこだこれ、えーと、駅の東口の方か。こんなのあったっけ」

「あるのよー。二、三年前にできたばっかりなんだけどね、助かるのー。どんなにぐずってても一発でご機嫌になるから」

「わかった、ここに連れて行けばいいんだな」

「頼むわ。いま呼んでくるから」

と、と、と、と、と淑子は軽快に階段を登っていく。ほーらモモ、いい加減にしないとママ怒っちゃうよっ。やーだぁ！　と頭上からくぐもったやりとりが聞こえる。それからまもなく淑子に手を引かれ、モスグリーンのワンピースを着た百花がべそを掻きながら下りてきた。去年会ったときよりも印象が一回り大きい。子供の成長は早いな、と感心する。

「ほら、覚えてるでしょ。ディズニーランドで一緒だった武文おじさん。おじさんがアンパンマンのとこに連れて行ってくれるってよーお」

うながされても、百花は下唇を突き出してそっぽを向いている。淑子は肩をすくめ、それじゃあよろしくね、と百花の手を武文へ渡した。あんまり歩きたそうじゃなかったので抱っこするぞと声をかけてから、腰の辺りをつかんで車に運ぶ。結構重い。十二、三キロはあるんじゃないだろうか。けれど百花の方で首に腕を回したり、こちらに寄りかかったりと持ちやすい体勢を取ってくれるので、単純に米の袋を持つよりは抱えやすい。

派手なピンク色のヴィッツの後部座席に設置されたチャイルドシートに百花を乗せ、カーナビを起動させた。アンパンマンこどもミュージアムの住所を打ち込む。四時半には帰ってきてね、と言う淑子に頷いて慎重に車を発進させた。

「アンパンマンで、誰が一番好きなんだ？」

しゃべらない百花に聞いてみる。まだ拗ねているのか、なかなか返事はない。あちこちで桜が開いたのどかな市街を走り抜ける。信号待ちの最中に、めろんぱんなちゃん、と背後から小さな声が返った。

ひとまず先ほどバスでやって来た道を逆行するかたちで仙台駅を目指す。学生時代に自転車で走り回っていた町並みは懐かしいばかりだが、よくよく目を凝らすと様々な点が記憶の姿とは異なっていた。よく通っていた商店がない。あれ、歯科医院がマンションになってる。ずいぶんお洒落なイタメシ屋ができたな。こんなところにコンビニあったっけ。ぽつぽつと小さな驚きが脳に弾《はじ》けるたび、記憶の中の地図が上書きされていく。

十年も離れればすっかり変わるものなんだな、と武文は首の辺りから空気が抜けていくような脱力を感じた。それだけ仙台が開発の盛んな地域であることは元住民として喜ぶべきことなのだろうが、少しさみしくもある。まず父が死に、帰って来いと口うるさかった母も死に、実家はすっかり様変わりして、町並みまでなじみのないものになりつつある。もう自分にとって故郷と呼べる場所、なんの気構えもなく帰れる場所はなくなったのかもしれない。山だったり海だったり、そんな不動のものが印象の前面に出てくる地域なら話は違うのだろうが、建造物や人物など、時と共に流れ去るものを愛着のよすがにしていると、こういう思いをするのは仕方ないのか。

駅前を通り過ぎ、カーナビの案内通りにアンパンマンこどもミュージアムに併設された駐車場に車を駐めた。後部座席の扉を開けて百花を降ろす。試しに手をつないでみると、いくらか機嫌が直ったのか、嫌がらずにスキップしながらついてきた。

「メロンパンナちゃんいるといいな」

「めろんぱんなちゃんいるよー。あとねー、どきんちゃんとねー、しょくぱんまんとねー、はみがきまんもいるよー」

「アンパンマンはいないの？」

「あんぱんまん、いるよー。あのね、だんしゅ」

「ダンスするのか」

「うん！」

アンパンマンのダンスはよくわからないが、百花はずいぶんたくさんアンパンマンのキャラクターを覚えているようだ。にこにこしながら、ほらーまん、かつどんまん、くりーむぱんだちゃん、と色んな名前を教えてくれる。武文が子供だった頃もアンパンマンのアニメは放映されていたが、せいぜいアンパンマン、しょくぱんまん、カレーパンマンぐらいしか覚えていない。

建物の入り口では「ジャムおじさんのパン工場」というパン屋が看板を掲げていた。ガラス張りの明るい店内には丸っこいパンがずらりと並べられ、パンを焼いているキッチンの内部も見られるようになっている。サンプルで店外に飾られているパンが本当に登場しているキャラクターそっくりで驚いた。

パン屋の前を通りすぎて建物に入る。すると、キャラクターグッズを扱うショップが並んだモールの真ん中でイベントが行われていた。アンパンマンとしょくぱんまん、華やかな衣装を着た女性スタッフが集まった子ども達と一緒に踊っている。アンパンマンのダンスとはこのことか。

行ってきなよとうながすも、百花は恥ずかしそうに武文の陰に隠れた。淑子は子供の頃からハキハキと主張するタイプだったが、百花はどちらかというと人見知りして大人しい。三兄弟で言うと、鷹夫タイプだ。大人しくていい子な鷹夫、気が強くて跳ねっ返りの淑子、ぼうっとしている武文。同じ腹から出てきたのにどうしてこんなに違うのだろうと生前の母親はよく首を傾げていた。

広場に集まった親子連れの輪に交ざってイベントを見守る。時々キャラクターがこちらまでやってきて、子供とハイタッチをしてくれた。百花もその時だけは伸び上がり、頬をりんごのように紅潮させながら嬉しそうにしょくぱんまんの手に触った。

イベント後、ショップの奥のカウンターでチケットを購入し、ミュージアムへ入場する。歩き出してすぐに、プラスチック製の子供の背丈と同じくらいのキャラクターの人形があちこちに配置された、カラフルな城に迎えられた。奥にはアンパンマンの気球も見える。百花はさっそく頭がメロンパンの形をした人形をめろんぱんなちゃん！ と指さした。まつげがあるので、女の子らしい。

「めろめろびーむをだすんだよ！ みんななかよしのめろめろにするの」

「そりゃすごいなー。俺もそのビーム浴びたいわ」

「ここにね、あんぱんまんいるの。ここにも、ここにも、あーっ、ここにもいたよーっ」

百花はきゃーっと歓声を上げて走り出す。かなりこのミュージアムに来慣れているらしい。壁や床に描かれたアンパンマンのイラストを目ざとく見つけ、武文に教えようと指さしてくる。ミュージアム内には、建物の内部までちゃんと作り込まれたジャムおじさんのパン工場や、ばいきんまんの秘密基地など、見覚えのある建物がたくさん展示されていて、大人でも見ていて案外飽きない。

ジャムおじさんのパン工場のなかでままごとを始めた百花に、じゃーアンパンマン焼いてください、しょくぱんまん焼いてください、と調子を合わせながら、すごいものだなと感心した。アンパンマンの世界は自分が子供だった二十数年前とほとんど変わらず、ピュアな愛と勇気と平和を安定的に放出し続けている。それは見慣れないキャラクターが増えても変わらない。アンパンマンやジャムおじさんがけして変わらないからだ。日々変わっていく、かつての姿を思い出せなくなりつつある実在の故郷の町よりも、ジャムおじさんのパン工場の方が率直なつかしさを訴えてくるぐらいだ。

アニメが放映されているミュージアム内のシアターの席に百花を座らせ、周囲をぶらぶらと歩いて回る。途中で、このミュージアムの開館に寄せられた原作者やなせたかしの色紙を見つけた。空を飛んでいるシンプルなアンパンマンのイラストに「ぼくが空をとんでいくから　きっと君をたすけるから」という言葉が添えられている。

迷いのない献身の言葉を眺めるうちに、不覚にも胸が詰まった。こんなきれいな、不安のない言葉をもらいたかった、と思う。でも、誰に。群青色のワンピースがまばたきの闇をひるがえる。あの森の中の石段は一体どこなのだろう。あんな場所を、母親と二人きりで歩いたことなんてなかったはずだ。

滑り台などの遊具が設置された遊技場で思う存分百花を遊ばせ、ミュージアム内のカフェで一休みする。自分にはコーヒーを、百花にはアイスを注文した。

「今日、なんでこっちのおうちに来たのか、ママに教えてもらったか?」

ふと、三歳の子供がどのくらい法事の内容をわかっているのか興味が湧いて聞いてみる。

百花はバニラアイスを食べながら目をぱちぱちさせた。

「しってるよー。えっとね、ママのほーじ」

「ママのじゃないな、ママの、さらにママのだ。おじさんとママのお母さん。モモにとってはおばあちゃんだ」

「おばあちゃ、しってるよー」

「うそつけ。会ったことないだろう」

百花が生まれたのは、武文の母親が亡くなった三年後だ。まるでアンパンマンのキャラクターの一人のように知ってるよと言われ、思わず笑いが込み上げた。ミュージアムの中でも、壁に描かれたキャラクターを指さしながら百花はいろんな名前を言ったが、よくよく注意すると、やたらとたくさんのキャラをカバオくん、もしくはウサ子ちゃんと呼んでいた。どうやら名前が思い浮かばないキャラは、なんでもカバオくんかウサ子ちゃんにしてしまうらしい。うわの空で適当なことを言う部分は、幼い頃の自分に似ている。

腕時計の針は午後三時を指していた。淑子が言っていた時間にはまだ早い。百花の機嫌は直ったけれど、台所も忙しそうだし、和室の会話もそう楽しいものではないし、もう少しどこかで時間を潰したい。どうせ子供向けの施設だろうとあなどっていたら、思いがけず楽しい思いをしてしまった。百花の気分転換という主旨からは外れるが、このままもう一箇所ぐらいなつかしさを感じる場所に立ち寄ってみてもいいかもしれない。どこかになかっただろうか。子供の頃に行って、それからさっぱり足を運ばなくなった場所。大人になった今なら、当時とは別の視点で楽しめる気がする。

ふいに薄暗い森の中、必死に足を持ち上げ、汗だくになりながら石段を登る感覚が頭の片隅で弾けた。はーい、いっちに、いっちに。女の先生が、軽快なかけ声とともに手を叩いている。もうちょっとだよう―。ほらがんばれ、がんばれ。

思い出した、あれは、小学校の遠足だ。郷土の歴史を学ぶ授業の一環として、伊達政宗《だてまさむね》の墓所である瑞鳳殿《ずいほうでん》を訪ねた。たくさん石段を登ってくたくたになった記憶ばかりが鮮明で、メインの瑞鳳殿がどうだったかはさっぱり思い出せない。子供の記憶なんて適当なものだ、とおかしくなる。

「モモ、このあと、ちょっと寄り道してもいいか」

寄り道という言い方がわからなかったのか、百花は首を傾げ、でもすぐにこくんと頷いた。どうでもよさそうだ。

「政宗公に会いに行こう」

「ましゃむねこ?」

「この町を作った人だよ」

カフェの会計を済ませ、百花がぐずったときに食べさせようと、アンパンマンのかたちをしたチョコレートを購入してからミュージアムをあとにした。またピンクのヴィッツに乗り込んで、今度は仙台駅の西口方面を目指す。確かここだったよな、と迷い迷い霊屋橋《おたまや》を渡り、駐車場に車を停めた。

古い住宅が並ぶ、坂の多い一帯をほっとした気分で見回す。この辺りはあまり景色が変わっていないようだ。近所に友人の家があり、学生時代に何度か自転車で遊びに来た覚えがある。ただ、瑞鳳殿そのものを訪ねるのは、本当に小学校の遠足以来ではないか。近すぎる観光地には、地元の人間はあまり足を運ばないものだ。甘味処《どころ》や商店が並ぶゆるやかな坂を登り、杉並木の参道へ足を踏み入れる。

ここの坂ってこんなに長くて急だったっけ、とまず斜面を見上げて後悔した。百花を連れて行くのはしんどいかもしれない。なにしろ入り口で参拝客向けに杖《つえ》が配られているくらいの傾斜だ。

来てしまった以上は仕方ない、と覚悟を決めて歩き出す。予想通り、坂の四分の一も行かないうちに百花が、あしいたい、だっこ、と腕を伸ばしてきた。温かく湿った体を背中におぶい、転ばないよう慎重に坂を登っていく。坂の前後では観光客らしい若い女性やベビーカーを押している家族連れが、自分と同じく苦しげな前傾姿勢で足を動かしている。

参拝を終えたのか、坂の上方からこちらへ下りてくる女がいる。邪魔にならないよう、心もち道の左によってすれ違おうとした瞬間、女の鼻の近くにともった大きなほくろに目を奪われた。

「……藍川《あいかわ》？」

とっさに浮かんだ名前を口にする。女は足を止め、弾かれたように振り返った。ふっくらとした丸顔に黒々とした大きな目、しゃべり達者なあひる口、そして小鼻の横の大きなほくろ。やっぱりそうだ。目尻にしわができ、心なしか眉毛が前よりも鋭角的になっているけれど、間違いなく中学二年の時に同じクラスだった藍川朋子《ともこ》だ。女はまじまじと武文を見つめ、西松くん？　と上ずった声を上げた。

「あー、やっぱり。久しぶり」

「えーうそお！　えっ、なにしてんのこんなところで。この子、娘さん？　え、え、西松くん結婚したのっ？」

藍川の声が興奮したようにどんどん高くなっていく。相変わらずこいつの声はキンキン響くなあと思いながら、なつかしさで顔がゆるんだ。

「いやいや、姪っ子。法事でこっちに帰ってきたんだけど、色々あって時間潰すことになって、ふらふらしてたんだ」

「だからってこんなところ来なくたっていいのにー。やだ超ウケる。姪っ子さんかわいい」

「藍川はなんでここに？」

「私はウォーキング。妊婦は歩くものなのさ。ここを登り下りすると体力付くから」

そう言って朋子はぽんとお腹を叩いた。そこでようやく、裾の長いTシャツに覆われた彼女のお腹が心なしかふくらんでいることに気づいた。

「あれ、二人目だっけ。こないだの同窓会、小さい子を連れてきてたよな？」

「同窓会って言っても、もうだいぶ前だねー。上の子はもう小学校にあがったよ」

「おー。色々おめでとう」

知らない大人と話し込んでいるからだろう。背中の百花がむずかるように足を揺らす。おじさんの友達なんだ、と紹介すると百花はじっと朋子を見つめ、小さく丸まって武文の背中へ隠れた。人見知りしている。うちの子もこんな感じー、と朋子は楽しげに目を細めた。

もう一往復するのだという朋子と並んで坂を登り始める。朋子が居る側の腕がなんだかくすぐったく感じた。中学二年の冬を思い出す。

暖房で窓が曇った放課後に教室の掃除をしていたら、帰り支度をして口元をマフラーでぐるぐる巻きにした朋子に「ちょっと来て」と手招きをされた。ペアでやっている体育委員の連絡事項かと間抜けなことを考えて後を追い、ひと気のない廊下のすみで「好きになっちゃったんだけど」とうつむきがちに告白をされた。

目の前で起こっていることがとっさに理解できなかった。気さくでよくしゃべる朋子は、クラスでも男女を問わず友人が多かった。それはすなわち女としては意識されにくいキャラクターである、ということでもあった。人なつこい顔立ちではあるけれど、美人ではなかった。震える朋子のつむじをみながら、オトコオンナって感じなのに恋とかするんだ、とものすごく失礼なことを考えていた覚えがある。そして自分はそのとき学年で一番かわいくて可憐《かれん》な、隣のクラスの林《はやし》さんのことが好きだった。

と、ともだちのままで、とぎこちなく口にすると、朋子は耳まで赤くなりながら顔をマフラーに埋《うず》め、こくこくと何度も頷いた。

翌日に教室で顔を合わせた際、朋子はまるで何事もなかったかのようにあっけらかんと挨拶してくれた。ただ武文の方がぎこちなくなり、次第に友人関係は疎遠になった。それから卒業まで特に親しくなることもなく、数年前の同窓会で挨拶をしたのが久しぶりの接点だった。

そんな朋子とこうして並んで散歩をしているのだから、偶然とは不思議なものだと思う。安定期に入り、週に三日はウォーキングを欠かさないのだという朋子は健脚で、筋肉の張った両足を颯爽《さっそう》と動かして先へ進んでいく。

やがて坂が終わり、瑞鳳殿の入り口へ続く石造りの階段が見えた。社会科の授業で教わった知識が記憶の地層から掘り起こされる。

「なんだっけ、なんか、伊達家にちなんでるんだよな、階段の段数が」

「あ、そうそう、六十二段だか六十三段だかなんだよね。えーっと、伊達家のこくだか？　ろくだか？　そんな感じのに基づいてるの、確か」

「適当だ」

「ねー、だめだねー。社会のテストとか、もう全然解けないねー」

顔を見合わせてからからと笑う。登ろうか、と覚悟を決めて見上げた石段は驚くほど夢の景色と似ていた。両端を青々とした立派な杉並木に挟まれて、色の淡い春の青空がとても高く、美しく見える。

ずいぶん長く反応がないので怪訝に思って首をねじると、百花はまるでスイッチを切ったかのようにまぶたを伏せて眠っていた。アンパンマンではしゃぎすぎたのだろう。寝かせておくことにして柔らかい体を背負い直し、石段に足をかけた。力を込めて体を持ち上げる。坂で疲れた膝に、じんと熱い痺れがにじむ。数歩ですぐに息が切れ、呼吸が荒くなった。

「でも子供がさ、まだ低学年なんだけど、数年経ったら受験とかあるじゃない。そしたら教科書を見直して、私もちょっとは勉強を見てあげないとなって、思うんだ」

隣を歩く朋子も息が切れるのか、一声一声が短くなっている。ふうん、と相づちを打ちながら、無意識に朋子の子供の年齢を計算している自分に気づいた。同窓会に連れて来ていた子供は、確か百花ぐらいだった。同窓会が五年前なので、当時三歳だったとして、今は八歳か。八年前に産まれていたら、まだ間に合っていた。顔を見せられていた。あんたたちは、三人もいるのに一人もお母さんの言うこときかないで。庭の椿《つばき》に向かって愚痴る背中を思い出す。

「しっかし、えらいよなあ」

「えー？」

「この晩婚化の時代に、ちゃんと早く結婚して、子供産んで、親孝行して」

朋子が不思議そうな表情で首を傾げる。イヤミのようなニュアンスになってしまったと遅れて気づき、慌てて口を開いた。

「いや、そういうんじゃなくて。あー、うちは俺の上に兄一人と姉一人の、三人兄弟なんだけど。全員、母親が生きているあいだに孫を見せてやれなかったから」

「あれ、もしかして法事って」

「そうそう、母親の七回忌。六年前に、脳卒中でさ。倒れる前は、孫が見たい孫が見たいってずーっと言ってたんだよ。でも、一番上の兄貴は結婚してもなんでか子供を作らないし、姉貴も結婚はしたんだけど相手の女癖が悪くて色々上手《うま》く行かなかったし、俺は……東京の方だと、なおさら結婚って遅いんだ。まだいいだろー好きにさせろよーなんて思ううちに、時間が経って。亡くなった三年後にこいつが生まれたんだけど、間に合わなかったなーって兄弟でよく話すんだ」

思えば、伴侶を亡くして以来、母親はあまり幸福ではなかったのだろう。いつもぼんやりとして、さみしそうだった。鷹夫が結婚したときにはえらく喜んでいたが、可奈子さんと性格がぶつかって同居中はトラブルが絶えなかったらしい。昔の女との関係を切ろうとしない旦那に悩んでいた淑子に、世間体を気にした迂闊《うかつ》なアドバイスをして大喧嘩になった。

そして、その頃から武文に対する帰って来いコールが激しさを増した。ＩＴバブルがどうだこうだと妙な理由付けはしていたけれど、結局は自分の味方が欲しかったのだろう。ちょうど武文は新人の時期を終えて精力的に仕事をこなし、社内での地位固めに奔走している時期だった。こっちはこっちで懸命にがんばっている、母親なのになんでわかってくれないんだ、と武文はそんな母親をうとましく感じ、かかってくる電話をたびたび黙殺した。三人もいるのに、はいつしか母の口癖になった。あんたたち、ちっとも母さんを大事にしない。

大事にするのが億劫《おっくう》だった。もともときつかった性格は加齢と共に先鋭化し、ひたすら可奈子さんへの愚痴をぶちまけられる長時間の電話は苦痛以外のなにものでもなかった。だけど、どこかで期待を持っていたのかもしれない。いつか母親も丸くなって、あんたたちもう大人だもんね、自分の道を頑張って進みなさい、と言ってくれる時が来るのだろうと。

まさかそのまま母が死んでしまうなんて、思ってもみなかった。古い町並みと同じように、彼女もまた流れ去った。和解も決着もなく、薄い混乱ばかりをあとに残して。

石段の中ほどまで登ったところで、百花が目を覚ました。もぞもぞと動き出したので、これ幸いと背中から下ろす。百花は背後の石段を振り返り、たかーい、たかいねー、とはしゃいだ声を上げた。強《こわ》ばった腰を反らして背伸びをし、百花が転げ落ちないよう念のため手をつなぐ。また登り始めるとしばらく考え込んでいた朋子が、ゆっくりと口を開いた。

「そりゃ、うちの親も孫ができたときは喜んだけどさ。でも、親孝行のために子供を産むわけじゃないからねえ」

「あー。親の意見とか、世間体とかに流されるみたいで、主体性がないか」

「いやいや。うちは自分達がしたいようにやるうちに、たまたま親が喜ぶ感じの展開になって、色々悩まないで済んでラッキーだったたってこと。だから、えらいとかえらくないとかの話じゃないと思う」

「藍川は早く子供が欲しいって思ってたのか」

「うん。私、鍵っ子の一人っ子だったから。家が静かなのいやだったの」

知らなかった。中学の三年間、毎日同じ校舎に通っていたけれど、こういった切実な感情にまつわる話は同級生とほとんどした覚えがない。

石段のてっぺんがようやく近づいてきた。痺れる膝に手を当てて登りきり、一息ついてから入場券売り場でチケットを買う。せっかくだし私も久しぶりに入ろうかな、と朋子も財布を開いてついてきた。まもなく瑞鳳殿の正面門へと辿りつく。

「ねはんもん」

看板の字を読み上げた瞬間、頭の中でかちんと鍵の開く音がした。知っている。ねはんもんねはんもん。ねはんもんがこわかった。

「思い出した。小学校の遠足で初めてここに来たとき、担任の先生が、涅槃門をくぐった先は死後の世界ですって説明して、めちゃくちゃこわかったんだ」

「あはは、ずいぶん雑な説明されたね」

案内の看板には涅槃門について【「涅槃」とは「煩悩を取り去った悟りの境地となる状

態」を意味し、広くは「来世（死後の世界）」という意味にもなります】とあった。煩悩だの悟りだのは小学校低学年には難しすぎるから、担任は「死後の世界」の部分のみ説明したのだろう。

だから夢の中で母と石段を登ることになったのだ、と短く納得する。石段の先は死後の世界、という変なすり込みができていた。門の脇の通用口を通って中へ入る。

「また階段か……」

「なに、忘れてたの？」

含み笑いをする朋子に続いて、先ほどの参道よりも幾分段差の大きな階段を登る。休憩所となっている建物をくぐると、周囲がふわりと光って見えるほど煌《きら》びやかな霊廟《れいびょう》が姿を現した。

かたちはいたってシンプルで、四角錐《しかくすい》の大きく張りだした屋根の下に黒く塗られた正方形の建物がついている。扉や窓枠に伊達家の紋を始めとする繊細な金装飾が施され、ふっと顔を上げた先、屋根と建物の境となる箇所には、鮮やかな色をふんだんに使って、舞い踊る天女や美しい羽を持つ鳥、涅槃の景色が精密に彫刻されていた。

赤、青、黄、緑とあまりに色数が多すぎて下手《へた》をするとうるさい印象になりそうなのに、黒壁と金装飾が全体の印象をきゅっと引き締めていて、見れば見るほど調和の取れた静けさを感じる。死者を祀《まつ》る霊廟なのに華やかで、そのくせ静かで、清い。不思議な建物だった。背後では、大きく枝を伸ばした八分咲きの桜が薄紅色に光っている。

「あれ、こんなにきれいだったっけ」

「きれいだよー。県外から来た友達をたまに連れてくるけど、みんな喜ぶもの」

「子供の頃はわかんなかった。桜もいいな」

「いいねえ。私、咲ききっちゃう前の、このくらいの桜が一番好き」

百花はちらりと建物を見ただけで興味を無くしたらしく、建物の周囲に敷き詰められた白い玉砂利《たまじゃり》を靴先で散らして遊んでいた。

拝観を終えて、先ほど通り過ぎた廟の正面の休憩所でベンチに座って一息つく。アンパンマンのチョコレートを差し出すと、百花は大喜びで口に運んだ。ほっぺたを丸々とふくらませたのんきな横顔を見るうちに、小学生の自分と同じ目に遭わせてみたい、と悪戯《いたずら》心《ごころ》が湧いた。

「モモ、さっき通った門はねはんもんって言ってな、死んじゃった人が通る門なんだ。モモも俺たちも、実はさっき死んじゃったんだぞ。もう、これからはオバケうようよだぞ」

「やめなよもー、大人げない」

呆れ顔の朋子にぺちんと背中を叩かれる。怖がるかと思いきや、百花は涼しい顔で舐め溶かしたチョコレートをこくんと飲み込んだ。武文の言った意味がわからないとばかりに、首を傾げる。

「モモしってるよ。おばあちゃときたの」

「おばあちゃん?」

「おばあちゃとー……みどりのおだんご、つくるの」

「おだんご?」

「うん、みどりのあまーいの。おーだんごたーべたっ」

境内で団子なんか売ってたっけ、と朋子と顔を見合わせる。百花はお団子を思い出して嬉しかったのか、即興でおだんごたべたの歌を作って歌っている。もう朋子への緊張はなくなったらしい。朋子は少し考え込み、唇をとがらせた。

「でもねえ、ちっちゃい子ってこういう不思議なことを言うもんだから。うちの子も言ってたよ、生まれる前にママとパパが見えたとかなんとか」

「へえー」

じゃあ、百花は生まれてくる前に、祖母に会って団子を食べさせてもらったのだろうか。またアンパンマンこどもミュージアムのときみたいに、適当なことを言っているのかもしれないが、でも、そうだといいなあと思いながら百花の頭をくしゃくしゃと撫でる。

立ち去り際に武文は瑞鳳殿を振り返った。桜のおかげで薄桃色の霞をまとったような涅槃の景色は、心が浮き立つくらい美しい。政宗公、流れ去っていくものを見続けているのはどうですか。俺はあんまり好きになれません。自分がぽつんと宙に浮いているようで、どうしたってむなしいんです。ガラにもないな、と苦く笑ってその場をあとにする。同じく絢爛豪華《けんらんごうか》な二代藩主忠宗《ただむね》公が祀られた感仙殿《かんせんでん》、三代藩主綱宗《つなむね》公が祀られた善応殿《ぜんのうでん》を見て回り、石段を下りて帰路につく。

「子供が帰ってくるから、もう戻らないと」

駐車場での別れ際、朋子はそう言っておもむろに片手を差し出した。

「ん?」

「ちょっと、握手して欲しいんだけど、いい?」

「いいけど……」

神妙になられると妙に恥ずかしい。なんだろう、と思いながら朋子の手を握る。しっとりとして骨の細い、ごくありふれた女の手だ。爪が短くてマニキュアを塗っていないところは、母親の手という印象もある。三秒ほどして手を離し、朋子はふいに大輪の向日葵《ひまわり》が咲くような朗らかな笑顔《えがお》を見せた。

「やー、嬉しい! ごめんね、変なことして。あのね、やっぱり初恋の人だから、学生時代はずっと、一回でいいから手を握ってみたいなあーなんて思ってたんだ。でも同窓会じゃこんなこと頼めないし。もうほんと、いい思い出。ありがとね」

「なんだよそれ。いや、こちらこそ、どうも」

「あー、久しぶりにどきどきしちゃった」

「そりゃよかった」

むしろ、お礼を言うのはこちらの方だと思う。朋子が自分に告白してくれたことは、その後の武文にとって大きな自信になった。思春期の厄介な鬱屈の中にいるときも、でも俺を好きになってくれた人もいる、という記憶は確かに心を楽にしてくれた。

中学三年の夏だったか、クラスが別になった朋子が高校生と付き合っているという噂《うわさ》を聞いて、なんとなく胸がさざ波だったのを覚えている。自分に一度手渡されたものが、他の誰かに渡されたのを感じた。朋子は武文にとって、遠い昔に流れ去った女の子だった。

そんな女の子に、また会えた。

「また同窓会で。お産、がんばってな」

「うん、産んだらまた連れて行くわ」

ばいばい、と運転席から手を振って、朋子はパステルカラーの軽自動車で走り去る。武文も百花をチャイルドシートに乗せ、実家へ向けて出発した。少し時間に遅れてしまった。

玄関を開けて早々に、遅いよっ、と淑子の叱責が飛んだ。

「もうお坊さん来ちゃうよー。しかもなに、あんた背中に泥はねついてる。もーどこに行ってきたの。ほら、みっともないからさっさとスーツの上着着て、隠してっ。あれ、モモも口の周りになに付けてんの。チョコレート？　おじさんに買ってもらったの？」

慌ただしい淑子にせき立てられて和室に向かう。こういう時の口調は本当に母親そっくりだ。

襖を開けると出かけたときよりも人数は増えて、二十五人ほどの参加者が僧侶の到着を待っていた。狭くなったらしく、隣の和室へ続く襖も開かれている。座布団は綺麗《きれい》に並べられ、仏壇の周りにはあふれんばかりの果物や菓子折が供えられていた。や、すんません、と詫《わ》びを入れながら鷹夫の隣の座布団にすべり込む。鷹夫がおう、と頷いた。

「遅かったな、どこ行ってたんだ？」

「やー、アンパンマンと瑞鳳殿」

「なんだ、ずいぶん両極端だな」

話をする間もなく、玄関の方が騒がしくなって僧侶が到着したのがわかった。三回忌のときに世話になった高齢の僧侶の親戚筋に当たるとかで、確かに若い、四十代ほどの男だった。和室で一服してもらい、簡単な挨拶と雑談ののち、読経《どきょう》が始まる。朗々と響く声にうながされ、自然と目を閉じた。

桜が咲き、天女が舞い、鳥が歌い、獅子《しし》が駆ける。華やかな異界の景色がまぶたの裏に広がった。


会食が終わり、参加者がみな帰路についたのは午後七時を過ぎたころだった。最後の一人を見送って台所に戻った淑子と可奈子さんは、お互いの健闘を讃《たた》え合ってハイタッチをした。何人かの女性親族の手を借りつつも出前で取った寿司の他、天ぷら、煮物、茶碗蒸《ちゃわんむ》しにお吸い物を彩り豊かに人数分用意したのだから、さぞ大変だっただろう。片づけを手伝い、やけにがらんとした和室で一息つく。そばでは疲れ切った鷹夫が仰向《あおむ》けに寝転んでいる。

「みなさんお疲れさまでしたー」

疲れているだろうに、毛ほども表情を崩さないにこやかさで可奈子さんがお茶を運んできた。いやいやあなたこそあなたこそ、と恐縮して茶の入った湯呑みを受け取る。

「今回もなんとかなったな。次は来年、親父の二十三回忌か」

昼から夜までずっと参加者の歓待をしていた鷹夫がネクタイを緩めながら呟く。そうだね、と相づちを打つと、お前じいさんばあさんの相手がめんどくさいから帰ってくるの遅かったんだろう、と睨まれた。

そんなことを言われたって、自分は鷹夫ほどうまく周りの話を受け流せないのだ。会食の最中にも、「お嫁さんの趣味なんだろうけど、あんまりこの家の家具やお庭を好き勝手に変えさせるのもね」「趣味が安っぽいんだ」「そういうものは吉乃《よしの》さんでも仕込めなかったんだろうね」と当然のように口にする人たちがいて、「この家ではあんたらの方が部外者でしょう」といらないことを言いそうになった。言いたいだけ言わせてやれ、と鷹夫なら笑っているだろう。そういう面倒をすべて兄や姉に丸投げしてきたつけが、今さらになって回ってきている。

「可奈子さん」

「なあに?」

「可奈子さんって菜の花好きなの?」

「あ、あれね」

可奈子さんは庭のすみを指さす。月明かりの下でも、庭のその一角だけがふんわりと明るい。

「椿がね、病気になって枯れちゃったのよ。やっぱりお母さんが一番手をかけてた木だから、ご主人が亡くなったのわかっちゃったのかしら。で、どうせなら綺麗で食べられるお花がいいかなって、あれにしたの。おいしかったのよー。三月の終わりにものすごくたくさんが取れてね。スーパーだと高いけど、思う存分おひたしにしたり、てんぷらにしたり……あ、そうだ。いっぱい冷凍したのがまだあるの。持って帰らない？　そのまま解凍すれば、お醤油かけて食べられるから。ちょっと待っててね」

元気よく言って、可奈子さんはぱたぱたとスリッパを鳴らしながら台所へ向かう。どうやらぼうぼうと光のかたまりのように茂った菜の花畑が、義母の調和の取れた美しい庭を崩したことなど、これっぽっちも感じていないらしい。明るくて、無邪気で、大雑把な、この家には全然いなかったタイプだ。そりゃあ、物事の細部まできっちりとやらなければ気が済まない母親とは相性が悪かっただろう。二階でアンパンマンのＤＶＤを観ていた百花を連れて、淑子がひょいと顔を出す。

「片づけも済んだから、そろそろ私ら行くよー。タケちゃんも帰るんだよね？　私、お酒飲んでないし、駅まで車で送ろうか」

「やった、助かる」

「淑子、お疲れ」

「お兄ちゃんも。今度またゆっくりね」

鷹夫から粗供養の包みを受け取り、眠たげな百花を抱っこする。台所から可奈子さんが、ビニール袋を二つ提げて顔を出した。

「タケちゃんこれ持って行ってね。トシちゃんも」

なになーに？　と話に参加していなかった淑子が首を傾げる。

「今年の菜の花の蕾。たくさん冷凍してあるの」

「わーっ嬉しい。ありがとう。うどんに入れよ」

「モモちゃんバイバイね」

可奈子さんに手を振られても、百花はすっかり船を漕《こ》いでいる。起こさないよう慎重にチャイルドシートへ乗せ、武文はヴィッツの助手席に乗り込んだ。玄関まで出てきてくれた長男夫妻に窓越しに別れを告げ、淑子は車を発進させる。

夜の闇に包まれた途端、長い一日がやっと終わった気がした。スマホで新幹線の時刻を調べ、先を行く車の赤いテールランプをぼんやりと眺める。ちょうど通勤の帰宅時間帯に当たってしまったようで、道がいくらか混んでいる。

「姉ちゃん、母さんが死んだときのこと覚えてるか？」

信号待ちの間に、ぽつりと言った。淑子はゆるりと首を傾ける。

「覚えてる。お兄ちゃんをお父さんと間違えて、大変だったたね」

「な、そういうときでも、そういう役回りになっちゃうのが兄ちゃんだよな」

ははは、と声をそろえて笑う。今なら笑えるけれど、あの時はずいぶん困惑したものだ。朝に、いくら呼んでも起きてこない、とまず気づいたのは可奈子さんだった。布団から起き上がろうとした姿勢で倒れていた母親は、病院へ運ばれたあとにもなかなか意識が戻らなかった。電話を受けた武文が新幹線で駆けつけると、病室には青ざめた顔をした淑子と鷹夫、可奈子さんがそろっていた。

その日の夕方、ほんの短い時間だけ母親の意識は回復した。うまく目が見えないらしく、しきりに鷹夫のことを誠治《せいじ》さん、と父親の名で呼んだ。誠治さん、帽子はここにあるから。誠治さん、スイカが食べたいよ。誠治さん、次は子供らを連れて遊びに行かないか。初めは戸惑っていた鷹夫も、症状が重くあまり長くない、と医者に説明を受けてからは齟齬《そご》のない範囲で返事をするようになった。

誠治さん、私はよくやったよね、褒めてくれるだろう?

そんな唐突な母親の言葉を聞きながら、武文は静かなショックを受けていた。母さん、と呼びかけると、ふわふわとした母の声に力がこもる。武文、ちゃんとしなさいよ、友達と仲良くするんだよ、人に優しくするんだよ、と密度の高い母親らしい声が返る。それは鷹夫や淑子が呼びかけても同じだった。子供として呼びかけるたび、母親は腹に力を込め、しっかりとした母親という役割をまるで反射のように果たそうとする。けれど幻の父に対しては、自分をいたわってくれ、と目尻を湿らせる切実さで訴えていた。

俺が、母親の被り物を捨てた西松吉乃という一人の女性と話をしたことなんて、本当は一度もなかったのだ。なにを思い、なにを好み、なにに苦しんできたのか、知らない。知らないまま、母親なのだから無条件で自分らを受けて入れて欲しい、アンパンマンになって欲しいと、大人になってもまだ心のどこかで願っていた。そうならない彼女に苛立ち、遠ざけて、それでもこの人が自分への執着を失うことなどないとたかをくくっていた。いやだ、と病室でも思ったのを覚えている。母さんは、母さんでなくては、おかしいだろう。

「なんかこう、もう俺らよりも親父に会いたいんだなあって思うと、ちょっとさみしかったわ」

「もしかして、実際に病室にお迎えに来てたんじゃないの、お父さん。それが見えてたとか」

「ああ、かもなあ」

母親と自分が全くの他人であるともっと早くに受け止められていたら、違う言葉をかけられたのだろうか。けれど、あまりに遅い気づきだった。ろくにいたわることもできないまま、翌朝には呼吸器に合併症を起こして母は流れ去ってしまった。

「今日、瑞鳳殿に行ったんだけど、そこで百花が変なこと言ったんだよ」

「えー、なんて？」

「おばあちゃんと一緒に、緑色のお団子を作って食べたことがある、って」

淑子はえっ、とすっとんきょうな声を上げた。

「会ってもいないのに？」

「そう」

「なんだろう。えー、なんだろう。緑のお団子？」

「甘いんだってさ」

「……もしかして、ずんだ？」

「姉ちゃんと一緒にずんだを作ったのを勘違いしてんのかな」

「私が作るわけないでしょあんなめんどくさいものーっ。うちで食べるときは餡《あん》は買ってるよ。やだもーそれ絶対お母さんだわ。どうせね、私が仕事で余裕なくて、モモに既製品のお菓子ばっかり食べさせるのをあの世でちくちくイヤミ言ってんの。あの男と別れたいって相談したときもそうだった。いい歳して恥ずかしいとか、お前がよりよい妻になれば敏郎《としろう》さんは戻ってくるとか、離婚なんかして一体いつになったら孫を見せる気だとか自分勝手なことばかり言って！」

淑子は腹立たしげにハンドルを叩いた。驚いた武文の肩がびくりと跳ね上がる。おかしい。いい話として、感動を分かち合うつもりで淑子に語ったはずなのに、妙な怒りを掘り当ててしまった。

「い、いつのまにそんなに仲悪くなってたの」

「前からよ。あんたとお兄ちゃんはぜんっぜん気づいてなかったけどね、うちのお母さん、男と張り合う女はみっともないっていう男尊女卑思考の固まりみたいな人だったから。成人したあとも、息子と娘じゃ扱い違ったんだからね。あー腹立つ」

「お疲れさまです」

「まったくよ」

はあ、と大きなため息をつき、淑子は沈黙した。もう余計なことは言うまいと、武文も口を閉ざして町並みを眺める。

もうすぐ駅に着くという頃に、淑子は前を睨みつけたまま、また口を開いた。

「でもね、私らみんな、結局のところお母さんに似てるのよ。お母さんはみんな言うこと聞かないってしょっちゅう怒ってたけど、私はずっと当たり前じゃないって思ってた。みーんなそっくり。自分のやりたいことしかやらなくて、好き勝手やって、人の言うことなんか全然聞かなくて。お兄ちゃんでさえ、無意識にお母さんと対抗できるようなお嫁さんを選んでたしね。だから、善くも悪くも私たちはみんな、あの人とお父さんの子供なの。

ほんとにきらいだったけど、あの人から受け継いだ気の強さがあるから、私はあんまり人に負けずに、ちゃんとモモとやっていけると思う」

「姉ちゃんは強いよ」

「ふふん。それでね、モモが大きくなったら、どうせお母さんと同じように娘にきらわれるの。うるさいとか決めつけないでよとか、そんな感じで。わかってんのよ、もう」

「そのときは俺も仲裁に入るから」

「どうだか。あんた全然頼りになんないわ」

笑いながら武文は自分の手に目を落とした。人の話をあまり聞きたがらない性質は、やっぱり母から受け継いだもののように感じる。淑子や鷹夫を見ていて両親の面影を感じることも多い。町は変わり、親しい人は死に、実家の椿も失われ、代わりに真新しい泉がこんこんと湧き出すように、菜の花が黄色い花を咲かせている。けれど自分がここにいる間は、流れ去らないものがあるのだろうか。

ひらりひらりと手をひっくり返すうちに、駅前に到着した。淑子に礼を言って車を降りる。

「それじゃあ、来年の親父の二十三回忌もよろしく。あと、東京に来るときには声かけて」

「はいはい。気をつけて帰るのよ。モモ……あ、寝てる」

「いいよ、寝かしといて」

窓ごしに、頰によだれを垂らした姪っ子の寝顔を覗き見る。ピンク色の車体が走り去ったあとも武文は景色を網膜へ焼き付けるよう、賑やかな駅前の景色を眺めていた。


目黒《めぐろ》の自宅に帰りついたのは午後十一時を回る頃だった。汗が染みたスーツを脱ぎ捨ててシャワーを浴び、ふうっと体中の力が抜ける。なにはともあれ、数年に一度の大がかりな行事がやっと終わった。

湯上がりに粗供養の包みを開けると、中には鰹節や海苔《のり》などの乾物が入っていた。可奈子さんにもらった菜の花を水にさらして解凍し、封を切ったばかりの鰹節をのせて醬油を垂らす。続いて、きんきんに冷えたビールのプルタブを起こした。

緑と黄色の鮮やかな蕾を一口頰ばる。ほろ苦い春の風味が、ふわりと鼻腔《びこう》を抜けていく。仏壇の母親も、椿を枯らした恨み言を言いながらこれを食べたに違いない。これからもうちの一族はこんな風に愛し合い、憎み合うことを続けていくのだ。いつか涅槃で会う日まで。

菜の花をちびちびとつまんで小鉢を空け、武文は缶に残ったビールを飲み干した。

ハクモクレンが砕けるとき

一時間ほど前から、知里《ちさと》の父親はずっと同じ話を繰り返していた。常識がないんだ、そうじゃなきゃ平日に結婚式なんかやるものか。返事をする母親の顔にはあからさまな面倒くささがにじんでいる。あの子の仕事が平日休みで、旦那さんの職場もそうなんだって。客商売じゃ土日は絶対に休めないし、同僚の人たちに来てもらうにはそっちの方がよかったんでしょう。父親はただでさえ不穏だった声をさらに苛立たせる。だからって金曜にやるやつがあるか、みっともない。いい大人が、自分たちのことしか考えないで。

犬が尻尾《しっぽ》を追うように同じ場所を巡るやりとりを聞きながら、知里はタイツに包まれた両足の爪先を持ち上げた。おめかしの時に履くことになっている、黒いエナメル靴がぴかりと光る。靴の甲に縫いつけられた金色のリボンがすごくかわいい。ひょい、ひょい、と繰り返し足を上げていたら、うっとうしいからやめて、と母親に太ももをはたかれた。不機嫌な父親の声を聞いているのにも飽きて、知里は駅弁の匂いが残るシートから立ち上がった。

「トイレ行ってくる」

他の乗客の頭や肘がはみ出した狭い通路を慎重に通り抜け、トイレの脇のデッキへ向かう。眠たくなるほどのどかな田舎の景色が丸っこい窓の外を流れていく。森と山と田んぼと畑しかない。時々ぽつりぽつりと現れる古そうな家に住んでいる人たちは、いったいどんな生活をしているのだろう。学校とかデパートとか、ぜんぜん見当たらないけれど、自分みたいな子供は困らないのだろうか。

ただ、これだけ道が広くて車が少ないなら、自動車にひかれて死ぬことはあんまりなさそうだ。かちゃん、と小さな音が耳の内側に響く。みどりちゃんの骨が砕けた音。あの子は小さくて痩せていたから、きっと彼女をひいたドライバーにも聞こえないほどかすかな音だったに違いない。

ものすごい速さで流れていく景色を眺めているうちに、こわくなった。時々ニュースで流れる電車の事故の映像が頭をよぎる。細長い車体が、まるで紙を握りつぶしたみたいな気持ちの悪い形になって転がっていた。

鉄のかたまりがあんな風になってしまうのだから、柔らかくて弱い子供の体なんてすぐに潰されてしまうだろう。事故が起こったらどうしよう、どこに逃げればいいんだろう。なんでこんな危ない乗り物に乗っちゃったんだ！　イヤだって言ってもどうせ連れてこられただろうな。私が死んだらお父さんとお母さんのせいだ。でも、もし一人で家で留守番をしてたとして、二人が事故で死んじゃったらそれも困るな。こわいことが次から次へと頭の中に押し寄せて、すうっと体が冷たくなった。鼻の奥がツンと痛み、外の景色が水っぽくふくれる。べそべそと泣き続けるうちに背後の扉が開き、誰かがデッキに入ってきたのを感じた。

「あらら、だいじょうぶ？」

知らない女の人の声だった。振り返ると、ピンク色のスカーフを首の真横でお花みたいに結んだ制服姿の女の人が知里の目線の高さへ屈《かが》んでいた。女の人のそばにはお弁当やお菓子がたくさん積まれた大きなワゴンが停められている。電車の人だとすぐにわかった。

「どうしたの、席がわからなくなっちゃった？」

両親のいる席はちゃんとわかっているので首を振る。女の人は、どこか痛いの？　こわい人に会った？　そのワンピースかわいいね、頭のリボンもとっても似合ってると、どんどんしゃべりかけてきた。色々なことを言われるうちに頭の中に詰まっていた悲しいことが少しずつ抜けて、息がしやすくなる。ひくっとけいれんする喉に力を入れて、知里は口を開いた。

「じっ、事故って、起こり、ますか」

女の人は目を丸くした。口紅でつやつやになっている唇をすぼめ、少し考え込む。

「んー、事故か。事故はね、あまり起こらないよ」

「ほんと?」

「うんうん。お姉さんねー、もう三年ぐらい新幹線に乗ってお仕事してるんだけどね、こうして線路を走ってる間に事故にあったこと、一回もないから」

一回もないと言われて、硬く縮まっていた心がふわんとふくらむ。自然とほっぺたがゆるむのを感じた。

「じゃあ、ぜったい大丈夫?」

すぐに大丈夫と言ってくれると思ったのに、女の人は唇をとがらせたまま、また少し間を置いて首を傾けた。

「うーん、ぜったいじゃないかな」

「えっ」

「お嬢ちゃん、どこまで行くの?」

「えっと、……ハナマキ?」

「東北に行くのは初めて?」

「うん」

「そっかそっか、んーとね……。こういうことを言うとびっくりさせちゃうかもしれないんだけど、ぜったいにぜったいに安全って、この世にあんまりないのよ。事故だって、それまでずーっと大丈夫でも、ある日突然、思いがけない理由で起こるかもしれないし」

このお姉さんはなんでわざわざ、子供を怖がらせるようなひどいことを言うのだろう。知里はぺちんと頰をひっぱたかれた気分で、きれいにお化粧のされた女の人の顔を見つめた。目が合うと、彼女はいたずらっ子のようににっと唇の両端を持ち上げた。

「花巻へはなんの用事で行くの?」

「……叔母さんの結婚式」

「わ、素敵。じゃあ楽しみだね」

楽しみだろうか。父親は文句ばかり言っているし、母親もあんまり実家に帰ってないから気まずいわあ、なんてぼやいていた。よくわかんない、と呟くと、女の人は口の端っこから猫の牙《きば》みたいな三角形の歯をのぞかせておかしげに笑った。

「きっと楽しいし、考えもしなかったきれいなものにたくさん会えるよ。ちょっと危なくっても、こわくっても、だからみんな遠くに行くの。いいなあー、私も花巻行きたい。温泉とか山とかいいのよね、あそこ」

しゃべりながら、女の人はごそごそと制服のポケットに手を入れた。ピンク色の、桜の形をした飴《あめ》を取りだして知里へ渡す。お姉さんのおやつ、ないしょね、と小声で言って立ち上がった。

「旅行、楽しんでね」

お姉さんは重そうなワゴンを押して隣の車両へ入っていく。知里はセロハンの包みを破り、もらった飴を口へ放り込んだ。苺の香りがふんわりと体中に広がる。濡れた目尻を手の甲でふいて、両親の待つ座席へ戻った。母親は、さきほどの女の人から買ったらしいペットボトルのお茶を飲んでいた。

「遅かったわね、トイレ混んでたの？」

「んーん」

あいまいに頷いて席に着く。父親はつまらなそうに新聞を読んでいた。頬をふくらまさないよう、そうっと舌を動かして飴を舐める。軽やかなメロディに続いて、まもなく仙台、という車内アナウンスが響いた。シートのでこぼこにおでこを押しつけて目をつむる。

みどりちゃんが上履きを鳴らして走ってくる、小さな足音が聞こえた気がした。

あの子が掃除に来なくなったのは、始業式から十日ほど経ったある日のことだった。

知里が通う小学校では週に三回、一年生から六年生まで各学年から一人か二人ずつが集まって十人ほどの班を作り、階段や廊下、校庭など共有部分の掃除をする時間が設けられている。みどりちゃんと知里は、たまたま去年も今年も同じ班だった。みどりちゃんは知里よりも二学年下の、二年生だ。

久しぶりに顔を合わせたみどりちゃんは春休み前と比べて少しだけ背が伸びて、だけど相変わらず小柄で、口数が少なかった。しゃべりかけると、肩をすくめて照れくさそうに笑う。ここをふくんだよとか、ほうきはこうやって使うんだよとか、そんな上級生の注意をよく聞いて、小さな手をまじめに動かしていた。編み込みの三つ編みだったり、少しひねったポニーテールだったり、お母さんが毎朝ちゃんとやってくれてるんだなあという髪型が多かった。ふと気がつくと、次はなにをやるの、とばかりに知里のあとをついてきていることがあって、ひよこみたいな子だな、と思っていた。

去年の夏、校庭掃除の途中にバッタを見つけた。みどりちゃんがずいぶん長く地面にしゃがんでいるので、なにかと思って近づいたら、緑色のショウリョウバッタがちりとりの持ち手に留まっていた。

「バッタこわいの?」

聞くと、みどりちゃんはバッタを見つめたまま、ふるふると首を左右に振る。知里はバッタを両手で包んでつかまえた。虫の足がかさこそと手のひらに触れてくすぐったい。そのまま渡そうとすると、みどりちゃんは一瞬ひるんだように唇を曲げ、けれど両手を合わせて不安げに差し出した。小さな手のひらへ、バッタを乗せる。

インゲンマメによく似た細長いバッタはしばらく触角を動かし、ふいにひょん、と弾みを付けてみどりちゃんの方向へ飛んだ。

「やーん！」

悲鳴と共にみどりちゃんは手足をばたつかせ、ぎこちないダンスみたいな動きをして知里の腰にしがみついた。バッタは羽を広げ、茂みに向かって低空飛行していく。知里は大笑いしてみどりちゃんの背中をぽんぽんと撫でた。

「バッタ行っちゃったよー」

「やだ、バッタやだあっ」

「ね、びっくりしたね」

それから掃除の終わる時間まで、みどりちゃんはずっとふてくされていた。きっと期待通りにバッタがじっとしていなかったから、怒ったのだろう。ほっぺたをふくらませた後ろ姿が、とてもかわいかった。

みどりちゃんが初めて掃除を休んだ月曜日、知里はなにも不思議に思わなかった。風邪《かぜ》だのなんだので掃除のメンバーが欠けるのはよくあることだからだ。だけど次の水曜の掃除でも姿が見えず、そこでやっと、あれっと思った。班のリーダーである六年生に頼まれて、知里は掃除を始める前に二年生の教室へ向かった。みどりちゃんが今日も来てないんですけど、と二年三組の担任をつかまえて問い合わせる。すると若い女の先生は眉をぎゅっと寄せて、「みどりちゃんはね、ちょっと学校に来られなくてね。そのうち校長先生から発表があるから、今日はみどりちゃん抜きで掃除をしてください」と強ばった顔で言った。

それから間もなく、朝のホームルームがなぜか体育館で行われると伝えられ、クラス全員で不思議に思いながら移動した。窓の外では校庭の桜が半分ぐらい散っていて、白い無数の花びらがころころとさざ波のように地面を転がっていた。

全校生徒がそろうのを待って壇上に上がった校長は、聞いたこともないような沈んだ声で「とても悲しいことがありました」と切り出した。みどりちゃんは先週末、友達と公園で遊んだ帰りに車にはねられて亡くなったらしい。お友達の冥福を祈って、みんなで一分間の黙禱《もくとう》をしましょう。担任にうながされ、見よう見まねで目を閉じる。桜の花びらが暗闇をころころと転がる。ほんの数日前に、みどりちゃんも一緒にほうきで掃いた、桜。

クラスに戻ってから、仲良しの香月《かづき》に「あの子、掃除の班がいっしょだったんだ」と言ってみた。香月はそうなんだ、と頷いて、ぼんやりとした顔を傾けた。

「泣いた?」

「ううん」

知里は首を横に振る。いくら考えても悲しいとかさみしいとか、運転していた人への怒りとか、そんな生々しい感情は見当たらず、ただ、頭の一部がぽっかり空いてしまったような頼りない感じがあった。みどりちゃんはもう掃除に来ない、ということがよくわからない。それはどのくらいの大きさの、どのくらいひどいことなんだろう。

「でも、いいこだったよ」

なにが「でも」なんだ、と思いながら口に出す。香月はわかったようなわからないような、のっぺりとしたあいまいな顔で、ふうん、と言った。

それからしばらく、みどりちゃんに関する噂がちらほらと耳に入ってきた。事故を目撃していた子供がいたらしい。黒い車だったとか、みどりちゃんは友達と別れて横断歩道を渡ろうとしていたとか。そんな話を聞くたびに、知里はその光景を想像した。たくさん考えればみどりちゃんの気持ちに少しは近づいて、泣いたり、悲しんだり、そんな切実な感情をつかまえられる気がした。

——ブロック塀と車に挟まれて、潰されちゃったんだって。

その話を聞いたとき、頭の片隅でかちゃん、と小さな音が鳴った。みどりちゃんの骨が砕ける音。ていねいに編み込みのされた細い髪、ミルクケーキで作ったみたいな薄い体と、こちらを見上げるひよこのまなざしを思い出した。バッタと仲良くなりたかった女の子。

こわい場所から連れ出したい、と思ったからだろうか。砕ける音を聞いて以来、軽い足音が頭から離れなくなった。眠っている最中に小さな指先がこちらの手に絡み、頬の辺りにさらさらの髪の毛が触れる気がする。みどりちゃんがいつも、そばにいる。

おい、とそっけない父親の声に揺り起こされた。テーブルの畳まれた新幹線のシートが目の前に広がり、まぶたに残った学校の景色を押しやって、知里は一瞬自分がどこにいるのかわからなくなった。まばたきをして口の端からこぼれたよだれをふき、舌の裏側に溶け残った苺飴を飲み込む。

まるで誰かが寄り添っていたみたいに、通路側の左半身がほかほかと温かかった。みどりちゃん、と少し思って周囲を見回し、知里は母親から渡された子供用のリュックを背負った。

まもなくシンハナマキ、シンハナマキ、とアナウンスが流れた。ゆっくりと車体が減速し、田んぼばかりが続く景色に少しずつ建物が増えていった。他の乗客と一緒にデッキへ並び、知里たちは三時間の乗車を終えて長いホームへ降り立った。

歩き出してすぐに、ひゅう、と涼しい風が首筋を吹き抜けた。東京より明らかに気温が低い。そして空気が澄んでいる。

「さむいー」

「ほら、ちーちゃんコート着なさい」

「相変わらずのどかだなあ、こっちは」

「町の方はすこしは変わったかしら」

両親に続いて改札をくぐり、駅の外へ出る。知里は目を丸くした。今までに見てきた駅前の風景とはずいぶん違う。まず、ぜんぜんビルが見当たらない。だだっぴろい駐車場と人のいないバス停、客待ちタクシーの列以外は小さな土産物屋が正面にあるぐらいだ。高い建物がないものだから、青く染まった遠くの山まで、本当に軽々と見渡せる。空が広く、こんなにたくさんのものが一度に見える、というのも知里にとっては新鮮だった。

ふ、と薄い風に気を惹《ひ》かれて知里は周囲を見回した。どこかで嗅いだことのある匂いを感じた。和菓子の匂いに似た、ほんのりと甘くさわやかな、ずっと嗅いでいたい匂いだ。なんの匂いだったっけ、と出元を考えるよりも先にタクシーの扉を開けた父親に呼ばれ、知里は慌てて二人を追いかけた。黒いビニール製のすべすべした座席にすべり込む。

「あんた、きょろきょろしてるけど、小さい頃に何回か来たことがあるのよ？」

「えー、ぜんぜん覚えてない」

まだ赤ん坊だったからな、と助手席に座った父親が呟き、白い手袋をはめた運転手に行き先を告げた。ゆっくりと車体が動き出す。

知里の母親の実家は新花巻駅からタクシーで十分ほどの住宅街にあった。白壁に小豆《あずき》色の屋根をのせたなんの変哲もない二階建ての一軒家で、丸く刈り込まれた庭木が建物の周囲をぐるりと覆っている。

玄関に入ると、黒地に金の刺繍《ししゅう》がたくさん入ったきれいな着物を着た祖母が「ちーちゃん遠ぐまでよぐ来たねえ」と顔をくしゃくしゃにして迎えてくれた。奥からぱりっとしたスーツ姿の祖父も顔を出す。知里にとっては、年に三回ぐらいの頻度で遊びに来る「落語のおじいちゃん、おばあちゃん」だ。母方の祖父母は夫婦そろって落語が趣味で、好きな落語家の公演に合わせて上京し、都内にある知里たちの家に一泊して帰ることが多かった。

「や、や、お義父《とう》さんお義母《かあ》さん、ご無沙汰しています」

「あらあ、三知夫《みちお》さんも。相変わらず事務所の方、忙しいの？　ごめんねえ、こんな平日に呼び出して」

「いえいえ、ちょうど長く関わっていた案件が終わったばかりだったので。真子《まこ》さんのお祝いに来られてよかったです」

知里の父親は個人の建築事務所を経営している。家の中ではいつだって不機嫌でそっけないのに、自分と母親以外の人の前ではものすごく愛想のいい声を出すので、知里はそのたびに落ち着かない気分になる。母親は東京で買ってきたお土産を祖母に渡し「真子ちゃんはもう式場なの？」と聞いた。

「昼前ぐらいには、もう着いてる、とか、花がきれい、とか興奮したメールが来たよ。私らは四時に着けばいいはずだから、一休みしなさいよ」

「よかった、久しぶりにこのハイヒール履いたら靴擦れができちゃって。お母さん、ばんそうこう借りてもいーい？」

母親の声が、普段家で聞くものとは少し違っているように感じた。どこかみずみずしく、鮮やかな感情がすうっと流れている。子供の頃に住んでいた家に帰ると、母親も気分が変わるものなのだろうか。そんなことを思いつつ知里は両親に続いて家に上がった。先に居間へ行った祖母が声を投げてくる。

「ちーちゃんもね、長旅で疲れたべがらよぐ休んで。むうちゃんと遊んでなさいよ。あれ、むうちゃんはどご行ったがね」

お祝いの日だし、親戚の子供でも来ているのだろうか。そちらへ向かいかけたところで、毛糸玉を転がしたような柔らかい笑い声が耳をくすぐった。

二階へ続く薄暗い階段の上から、知里と同じ年頃の女の子がこちらを覗き込んでいる。

あの子がむうちゃんか。軽く手を揺らすと、むうちゃんはにっこりと笑って手招きをした。二階で遊ぼう、ということだろう。頷いて、知里は階段に足をかける。古い階段は段差が大きく、体重を乗せるたびにギイイ、と軋んだ音を立てた。

二階には二つの部屋があった。扉は開いていて、それぞれの部屋にベッドが一つずつ置かれているのが見える。どちらもきれいに片付けられているけれど、片方はなんとなくがらんとして薄暗く、健康器具や扇風機など使っていない道具類が運び込まれていた。もう片方はついこのあいだ片付けたばかり、という感じで、クローゼットや布団からまだ人の匂いがしそうだった。

「聡子《さとこ》と真子の部屋だ。真子は三日前に荷物をまとめて新居に送った。いまでも菊江《きくえ》は、週に一度は聡子の部屋を掃除をしている。これからは二部屋とも面倒をみることになるだろう」

まるで小さな子供でも話題にするように自分の母親の名を呼ばれ、知里は驚いてあまり身長の変わらない少女をまじまじと見つめた。

近くで見ると、むうちゃんはものすごくきれいな女の子だった。後ろの景色が透けて見えるのではないかと思うほど肌が白く、とがった唇はさくらんぼのように赤い。黒々とした大きな目は、見ていると飲み込まれそうになる。すき、仲良くなりたい、といった感情よりも、緊張したり不安になったり、そのくせ目が離せないような、そんなこわさを感じるきれいさだった。

「お前、聡子の娘だな。なら、聡子の部屋へ入るか。徳治郎《とくじろう》の手品セットで遊んでやる」

むうちゃんは得意げに言って知里の手をつかんだ。むうちゃんの手は母親が大事にしているいる白いすべすべのお皿みたいに冷たく、髪からは知里がこちらに来てからずっと感じている甘い匂いが強く香った。

祖父が町内会の宴会のために練習しているのだという手品セットを持ち出して、花を出したりボールを増やしたりと二人で遊んだ。時々、一階から笑い声が聞こえる。特に機嫌のよさそうな母親の声はよく響いた。まるで母親ではない、違う女の人の声みたいだった。

ポケットが縫い付けられたハンカチから赤い花を取り出しながら、ここはどこだろう、と知里は思う。遠いところにある母親のふるさとで、叔母さんの結婚式をお祝いするために来て、それはわかるのだけど、なんだか私とはすごく関係のない場所にいるみたいだ。ぼんやりとプラスチック製の造花を眺めた。もっともっと、考えなければいけないことがあったはずだ。

ととと、と軽い足音が耳の内側をくすぐっていく。あんなにちっちゃかったのに、バッ夕もつかめないくらい臆病だったのに、なんであの子だったのだろう。気がつくと、むうちゃんがこちらを見つめていた。

「どうしてそんな子供を連れているんだ」

「えっ？」

見開かれたむうちゃんの目は夜の海みたいにまっ黒で、そのくせ怖いぐらいに光っていて、なにを考えているのか全然わからなかった。まるで野生の鳥や獣の目を覗き込んだときみたいなぞくっとする感じがあった。知里は急に、この子は普通の子じゃないのかもしれない、と思った。ただ、うちの家に縁のあるものであることは間違いない。だから、そんなにこわがらなくてもいいはずだ。

「みどりちゃんっていうの。ついこのあいだ、死んじゃって……なんか、よくわかんなくて」

「なにがわからない」

なにがだろう、と知里は考え込む。どうしてこんなことが起こるの、どうしてみどりちゃんだったの。そんな泡《あわ》みたいな考えが次々と浮かび、すぐにぱちんと消えていく。やがて口から飛び出したのは、みどりちゃんとはなんの関係もない言葉だった。

「私もいつかあんな、ひどい目に遭うのかな」

むうちゃんは呆れたように顔をしかめた。

「遠くへ嫁に出すものじゃないな。末裔《まつえい》がこんなもの知らずになるなんて」

「マツエイ？」

「これを見な」

またハンカチの裏から花が取り出される。それまでは赤い造花だったのに、なぜかむうちゃんの手には桜の枝が握られていた。

ひんやりと甘い、なつかしい匂いが部屋を満たす。

あれ、と思った次の瞬間、目の前が真っ白い花で埋めつくされた。


母親に連れられて、花の蜜を吸いに来たのだ。

そう、知里は霧の向こうへ目を凝らすように思い出す。重たい体を風に乗せて、ぎこちなく羽ばたきながらやっと花のかたまりへ辿りついた。母親はくちばしを上手に使ってぷちぷちと花の裏側に穴を空け、たっぷりと溜まった蜜を吸い出している。他の兄弟たちと一緒に見よう見まねで花の森を跳ね回り、とろりとした蜜を吸って回った。こんなにおいしいものが、こんなにたくさんあるなんて。うっとりと胸毛をふくらませ、花のすき間から覗く色の薄い青空を見上げた。毎日毎日、暖かくなる。毎日毎日、おいしいものが増えていく。なんて素敵なことだろう。

次の一輪を選ぼうと首を巡らせたところで、ほんの少し離れたところにもっと色の濃い、もっともっと蜜がおいしそうな花の木があることに気づいた。花の一輪一輪が見とれるほど大きく、全体がうっすらと銀色に輝いている。

あのきれいな場所に行きたい。

小さな星みたいな願いがともる。あのきれいな場所に行きたい。どうしても行きたい。引き寄せられるように枝を蹴り、まだ強ばりのとれない翼を伸ばした。花のかたまりから身を躍らせる。

やめなさい、と母親が鋭く鳴いた。それに驚くよりも先に視界の端からまっ黒い影が飛び出して、がつん、と強烈な痛みが体を貫いた。翼が動かない。重い。たまらず地面へ向かって石ころのように落ちる。痛い。どうしてだろう、痛い痛い痛い。強いものが体をえぐる。あまりに痛くて、頭の中が真っ赤《まっか》で、真っ赤で、なにも考えられない。

地面は落ちた花びらでいっぱいだった。母親が花のかたまりから飛び出して真上をぐるぐると旋回している。母さん、と叫びたいのに、二度、三度と頭を地面に叩きつけられて声が詰まる。翼が折れ、もがくことすらできなくなったら、今度は胸の辺りをものすごい力で押し潰された。暗くなる。体が、自分のものじゃないみたいにけいれんする。

やがて、体の中でかちゃん、と硬いものが砕ける音がした。みるみる全身から力が抜けて、花や、痛みや、肉の重たさがすうっと薄れる。

ぼんやりと光る、きれいな場所が遠ざかる。あそこに行きたかった。母親が高く鳴いている。強いものが体を壊している。ごめんなさい、次はもっと強い生き物になって生まれてくる。あの場所に辿りつけるように、もっと遠くまで行けるように。ごめんなさい、ごめんなさい。

とん、とん、と階段を登ってくる規則正しい足音が聞こえる。畳の匂いに、知里は目を覚ました。急にそれまでどっぷりと浸っていた生々しい夢の景色が潮が引くように遠ざかり、なにを考えていたのか忘れてしまう。なにか、すごく大きなことがわかったはずなのに、わからない。視界を埋める、白い花の幻ばかりが鮮明だ。ちーちゃーん、と呼びかけながら扉を開けた母親は、畳に座り込む知里を見て目を丸くした。

「やあだ、あんたこんなところにいたの。手品なんてよく見つけたわね。そろそろ出発するから、降りてらっしゃい」

「はーい」

口の端から垂れたよだれをふいて、薄暗い部屋を見回す。周囲には使いかけの手品セットが散らばっているばかりで、自分のほかには誰もいなかった。

叔母の結婚式が開催されるホテルは花巻駅のそばにあった。全員で仁丹の匂いがする祖父の車に乗り込んで移動する。

ロビーにはおめかしをした大人がたくさんそろっていて、知里は女の人たちの華やかなパーティドレスに夢中になった。自分が着ている丸襟のワンピースなんて子供っぽすぎる。もっともっときらきらしていて、全体の形がスリムでお洒落な、お姫様みたいなドレスが欲しい。このあいだは「どうせすぐに足が痛いって文句言うでしょ」と買ってもらえなかった子供用のハイヒールもやっぱり欲しい。欲しい欲しいとずっとだだをこねていたら、母親にうるさい、と叱られた。

チャペルでの荘厳な式も、目が眩むほど豪華な花嫁のドレスも、花がふんだんに飾り付けられた披露宴の会場も、なにもかもが知里にとっては夢のようだった。これまで二回しか会ったことのない美容師の叔母は母親よりも背が低く、のんびりとした丸い顔立ちをしている。旦那さんは車を売るのが仕事らしい。ちーちゃん来てくれてありがとうね、と叔母は白い手袋に包まれた手で知里の頰を撫でてくれた。

こんな遠い土地で、毎日お客さんの髪を切っている年上で丸顔の女性と「血」だなんて実感のないもので繋がっているのは、本当に変なことだなあ、と知里はぜんぜん自分に似ている気がしない叔母の顔を見返した。

父親は式が始まってからずっとにこやかに周囲の人へ挨拶していて、母親は配膳される料理の味や材料について、祖母と楽しそうに話し合っていた。弾むような音楽と、食べたこともないほど豪華な料理。叔母の職場の同僚だという女の人たちが集まってSuperflyの「愛をこめて花束を」を熱唱した。叔母が両親への手紙を読むシーンでは祖父母どころか、母親や周りの女の人たちまで泣いていた。

お花の中にいるみたい。デザートに出されたウエディングケーキを頬ばりながら、知里は熱に浮かされたように思った。安心で、嬉しいことばかりで、きれいで、遠くで光っているお花の中は、きっとこんな風になっている。叔母はここに辿りつきたかったのだろうか。

会の終わり、知里は親族の一人として新郎新婦たちと一緒にホテルの出口で出席者を見送った。控え室に下がり、このままこのホテルに泊まるのだという二人から、配りきれなかったプチギフトのチョコレートをたくさんもらう。

「ちーちゃんまたね、今度は新しい家にも遊びに来てね」

少し疲れた顔で笑う新郎新婦に別れを告げ、また祖父の車に揺られて母の実家へ戻る。後部座席で、知里はもらったチョコレートを口に入れた。目を閉じるたび、まぶたの裏できれいな世界の幻がちかちかと光った。

帰宅して楽な格好に着がえてからは、みんなで結婚式を振り返りつつ、ちゃぶ台を囲んでお茶を飲んだ。リフォームしたばかりだというぴかぴかのユニットバスのお風呂に入り、ようやくお腹が空《す》いてきた九時過ぎ、祖母が作ってくれたきつねうどんを食べる。濃いめの醬油味が、知里の母親が家で作るものとよく似ていた。

「明日は早ぐに帰《けえ》るのが？」

七味の瓶に手を伸ばしながら祖父が聞く。母親は、んーと鈍い声を上げて父親を振り返った。

「いちおうお休みにはできたんだよね？」

父親はお揚げを嚙みながら喉の奥でうなる。

「ただちょっと、夕方には事務所に顔を出さなくちゃならないかな」

「じゃあ午前中は観光できるわね。せっかく岩手まで来たんだし、知里をどこかに連れて行こうよ。童話村とか、記念館とか」

人見知りですぐに家に帰りたがる父親と、久しぶりの帰省で気をよくしている母親との間で、無言の火花が散った気がする。けれどこの家では母親の方が強かった。明日は朝から花巻観光をすることになり、疲れちゃうから早めに寝なさい、と知里はリビングの奥の和室へ追い立てられた。

八畳ほどの部屋にはすでにふかふかとした客用布団が三枚並べて敷かれていた。東京の家から持ってきたパジャマに着替えて歯を磨き、知里ははしっこの布団へもぐり込んだ。

一日でたくさんの距離を移動して、たくさんのものを見たせいか、目を閉じるとすぐに深い沼へ飲み込まれるように意識が落ちた。

気がつけば、ひんやりとした甘い香りが漂う薄暗がりの道を歩いていた。

とと、と軽い子供の足音がする。背後で、道の先で、静かに凜と木霊《こだま》する。もう会えないと知った日、みどりちゃんになにか言いたかった気がしたのだ。でも、それがずっとわからない。しばらく歩き続けると、むうちゃんがひょっこりと顔を出した。赤い唇の両端を持ち上げて、嬉しそうに笑っている。

「真子の式はよかっただろう」

「見てたの?」

「当たり前だ。見逃すものか」

「きれいで、みんな笑ってて、お花のなかにいるみたいだった」

暗がりの奥で、また小さな足音が響く。むうちゃんは少しいやな顔をした。

「あれだけいいものを見ておいて、まだお前は考え込んでいるのか」

「だって」

口に出して、また悩む。考え考え、知里は言葉を足した。

「だって、ずるい。ぜんぜん同じじゃないもん。みどりちゃんにはあんな風に、結婚式を挙げる時間なんてなかった」

言いながら知里は、自分が本当はみどりちゃんの辛さをいたわっているのではなく、みどりちゃんみたいになったらどうしよう、とおびえているのだと気づいた。だからみどりちゃんが死んだときにはぜんぜん泣けなかったのに、自分が同じようなひどい目に遭う想像をしたらいくらでも泣けたのだ。でも、そんな風に思うこと自体が、みどりちゃんに対してひどいことをしているみたいだ。ずるい。高学年は、低学年に優しくしなきゃいけないのに、いやな先輩。なんでこんなに世界はみどりちゃんにだけいじわるだったんだ。思えば思うほど、子供の足音は高くなる。

むうちゃんは静かに目を細め、白い指で暗い道の先を指さした。

「知りたいなら、また見てくるといい。言葉で教えられるものじゃない。お前が自分で見て、自分で決めるんだ」

知里はむうちゃんと指さされた暗闇を見比べ、やがて子供の足音を連れたまま、お腹に力を込めて先へと歩き出した。闇が一層深くなり、自分の姿がわからなくなる。甘い匂いは濃さを増して、まるで生温かい水のなかにいるみたいだ。

いつのまにか、知里は立派な角を持つ牡鹿《おじか》になっていた。隣の山には雪解けの季節になるときらきらと光り出す場所がある。こちらの山の一番高い場所まで登るとそれが見える。あのきらきらはなんなのだろう。いつかあそこに行ってみたいけれど隣の山は獰猛《どうもう》な熊が多く、なかなか入ることができない。秋の終わり、きらきらの正体が大きな滝だと知らないまま猟師に首を撃たれた。血と一緒にどくどくと命が抜けていくのを感じながら、空へ向かって何度も鳴いた。次はもっと強い生き物に生まれてくる。

続いて、知里はつやつやと輝くカブトムシになった。幼虫の頃は土の中で少しずつ身を肥《ふと》らせながら、近い位置に埋まった兄弟たちがもぐらやイノシシなんかに掘り返されてはりはりと食べられる音を聞いていた。無事に蛹《さなぎ》から孵《かえ》ると、自分の強さと美しさに惚《ほ》れ惚《ぼ》れした。角は誰よりも長く、体はまるで真夜中の最も深い部分を固めたよう。喧嘩だって負け知らずだった。ある日、弱い奴らを押し退《の》けて木の一番いい場所で樹液を啜《すす》っていたら、高い木の枝を蹴って近づいてくるものがあった。大きく翼を広げたそれは、自分よりもよっぽど強くて美しい、この世の祝福を受けて輝くものだった。黒曜石のようなカラスの毛並みに見とれるうちにあっさりと体を捕らえられ、土の上へとひっくり返された。くちばしが柔らかい腹を破る。次はもっと強い生き物に生まれてくる。

またあるとき、知里は熊になった。つばめになった。りすになった。人の子になった。山の中で人の子をさらって食べる恐ろしいヤマハハにもなった。喜びながら嚙み砕いた人の子の体はザクロそっくりの甘酸っぱい味がした。こんなもの見せないで！　とむうちゃんに叫ぶ。むうちゃんは、お前とよく似た悩みを持った奴らがこういうものを生み出したんだ、と涼しい声を返した。魚になった。鳥になった。死はどこにでもあった。自分が死ぬのも仲間が死ぬのも本当に一瞬の、なんの変哲もないありふれたことだった。何千何百の死を越えて、知里は真っ暗な気分で頭を抱えた。どうしてこんなにいやなことばかりなんだろう。なんとなく、むうちゃんの言いたいことがわかる気がする。だけど。

「みんな苦しいんだから我慢しろっていうのは、誰も楽しくないし、苦しいままだからダメだと思う」

ようやく胸に溜まっていた変な感じを口にする。むうちゃんはまじまじと目を見開き、急に弾けるように笑い出した。

「代を重ねるごとに、欲が深くなっていく。一体誰の血が濃く残ったのだか」

言われた意味がよくわからず、知里は首を傾げた。むうちゃんはおかしげに口元をゆるめたまま続ける。

「苦しみしか汲《く》み取れないとしたら、お前の目が悪いんだ。よく目を磨いておきなさい。

ちょうど、明日はケンジに会いに行くんだろう。だったらいいぞ、よく習え」

「ケンジ?」

「目がとてもよかった男だ。教師をしていた」

むうちゃんは手を伸ばし、やけに機嫌よく知里の頭を撫でた。

「この土地と私に縁を持つことを、いつかお前が幸せに感じてくれるといいなあ」

そう言って、少女はびっくりするほど澄んだ優しい表情を浮かべた。遠い滝であったり、花のかたまりであったり、空の星であったり、何千何百という死のあいだに知里の胸を焦がし続けた彼方《かなた》の場所と、同じ輝きを発していた。


真夜中にぱちりと目が開き、知里はシーツから顔を起こした。辺りは青い闇に包まれている。隣には母親の寝息、さらにその向こうからは父親のかすれたいびきが聞こえる。

そうだ、おばあちゃんのうちに来てるんだ、と思いだした途端に、それまで見ていた夢の内容を忘れてしまった。とてもたくさんのものを通り抜けて、とてもたくさんのことを知った気がするのに、雪が体温で融《と》けるみたいにみるみる手のひらから流れてしまう。代わりにやってきたのは、強烈な喉のかわきだった。知らないおうちだし我慢しようと思ったけれど、まるで長い距離を走り続けたみたいに体が水分を欲しがっていた。

布団をそっと押し退け、両親の足を踏まないよう気をつけて襖を開ける。居間では、ちゃぶ台を端に押しやって祖父が眠っていた。たぶん普段は奥の和室で眠っていて、今日は寝床を譲ってくれたのだろう。

台所へ向かいかけ、知里は庭に面した居間のガラス戸に人影が映っていることに気づいた。誰かが庭にいる。どくっと速まった心臓をなだめて覗き込むと、そこには祖母の姿があった。なにをしているのだろう。

ガラス戸を開け、踏み台の上に置かれたサンダルをつっかけてそちらへ向かう。ひゅう、と涼しい夜風がパジャマを通り抜けて布団で火照った体を冷やした。

「おばあちゃん」

呼びかけに、祖母は驚いた顔で振り返った。

「あれ、ちーちゃん。目ぇ覚めちゃったのがい？」

「喉かわいたの」

「上着も着ねえで寒いだろう。じゃあなにがあったかいもんでも作ろうね」

「おばあちゃんはなにしてたの？」

「ん？　ばあちゃんはハクモクレンを見でだんだ」

ほら、と指さされた背の高い木を見上げる。木の枝には、手のひらほどの大きさの真っ白い花がたくさん咲いていた。どの花も夜空に向かって開いているため、コップのように月明かりを溜めてじんわりと淡く光って見える。花に近づくと、涼しく甘い匂いが鼻をかすめた。もう散り際なのか、木の根元には花びらが溜まって白い絨毯《じゅうたん》みたいになっていた。

「明日はぐっと暖かくなるらしいがら、もう終わりだど思ってね。ハクモクレンは咲いでる期間が一年に三日か四日ぐらいしかなくて、すぐに花びらを落どして枯れちゃうんだ。最期を見でいてやろうと思ってさ」

そう説明されるあいだにも白い花びらがまた一枚、まるでなにかに耐えるのを止めたように、音もなく地面へ落ちた。

「きれい」

「きれいだろう。ばあちゃんは昔からこの花が好ぎでねえ」

「好きなのに、すぐ枯れちゃうんじゃさみしいね」

「そうだね。でも、短いならなおさら大事にしようって気がしてね。長くっても短くっても、ちゃんと咲いだんだがらねえ」

祖母は手を伸ばしてハクモクレンの細い幹を優しく撫でた。一枚、また一枚と、月を削《そ》いだような花弁が落ちる。そのたびにかちゃん、と小さな音が知里の耳の奥で鳴った。花が一かけら砕けるたび、夜を染める匂いがふっと強さを増す気がする。かたちを結んだものがなくなっていく。その音は、一度気づいてしまえば世界のあちこちから聞こえた。

でも、やっぱりさみしい。だって来週もその次の週も、みどりちゃんと一緒に掃除をしたかった。知里は顔を歪めた。立ち続けるうちに首回りが冷えてしまい、くしゅん、と小さなくしゃみが出る。祖母は肩を揺らして笑った。

「すっかりばあちゃんのおしゃべりに付き合わせちゃったな。さあ、中さ入るべ。ばあちゃんの部屋さおいで、あったかいココアを入れるから」

眠っている祖父を起こさないよう慎重に体をまたぎ、祖母に連れられて台所の隣の和室へ入る。そこは衣装ダンスや化粧台、仏壇などが置かれた六畳ほどの小さな部屋だった。天井近くに古い白黒写真がたくさん並べて掛けてある。ほとんどが着物を着た、気難しそうなおじいさんおばあさんの顔だった。

「これ誰?」

「ご先祖様たちだよ。ばあちゃんの父さん母さんや、そのまた父さんや母さんたちだ。ちーちゃんは、この人たちの末裔ってごどさ」

「マツエイ」

聞き覚えのある単語に、ふっと頭の一部が反応した。きれいな女の子が、微笑《ほほえ》んでいた気がする。祖母の布団に腰を下ろし、湯気の立つミルクココアを受け取りながら口を開いた。

「ねえ、こういうおじいちゃんおばあちゃんじゃなくて、ご先祖様に小さい女の子っていたのかな」

祖母は一瞬目を丸くして、すぐにからからと笑い始めた。

「あのね、ちーちゃん。みんな初めっからこんなしわしわだったわけじゃねえんだ。ご先祖様も、ばあちゃんも、ちーちゃんのお母さんも、みんなちーちゃんみたいな女の子だったんだよ。ちーちゃんと同じように夜に起き出して、周りの大人に飲み物を飲ませでもらったり、夢の話を聞いでもらったりしてたんだ。だがら、写真の女の人はみんな、いつかは小さい女の子だったさ」

ようやく知里は自分が変なことを言ったと気づいた。そっか、と相づちを打ってこちらを見下ろす先祖の写真を眺める。古い写真を見上げるうちに、自分がなんでそんなに熱心に写真を見ていたのかよくわからなくなった。ミルクがたっぷり入ったココアのおかげで、お腹が温まって眠くなる。空にしたカップを祖母へ返し、おやすみなさい、と回らない口で挨拶した。

「おやすみ、ちーちゃん。明日もたくさん歩ぐんだべ。よぐ眠りな」

「うん」

居間を通って両親が眠る和室へ戻る。まだ体温が残った布団へすべり込むと、すぐにぶ厚い眠気が降ってきた。

あの子に会ったら、写真を見たかもしれないよって言おう、言おう。それが誰かも思い出せないまま呟いて、深い場所へと落ちていく。辿りついた場所で顔を上げると、誰かに抱きしめられているみたいな温かい闇の中で、きらきらと光る白い花が音もなく砕け続けていた。


翌朝、知里たちは朝食を食べたらすぐに母親の実家を出発した。なんでも、母親がここに行きたいあそこにも寄りたいと色んなリクエストを出したらしい。お前は昔っから我慢しないやつだったな、と呆れ顔の祖父が、それでも嬉しそうに初めの目的地である童話村まで車で送ってくれることになった。

「今度はゆっくり遊びにおいで。おいしいものをたくさん用意しておぐがら」

寝巻きにカーディガンをはおった祖母が見送ってくれる。玄関に向かう途中で彼女はぽん、と手を打った。

「そうだ、結局最後まで台所に引きこもっちゃって……やあだねえ、まだ小さいせいか、ほんと人見知りなんだ。ちーちゃん、ちょっと待っててね」

むうちゃーん、むうちゃーん、と呼びかけながら祖母は台所へ入っていく。ほーらこんなどごさいだ、こらこらこら逃げねえの、ちゃんと挨拶しなさい。賑やかな声に続いて、がしゃん、がしゃん、と鍋やボウルが落ちる音が響く。やがて祖母がカレー鍋にふたをして連れてきたのは鼻と口の周りだけが白く、他は尻尾の先までまっ黒な仔猫《こねこ》だった。二週間ほど前に近所でうずくまっているのを見つけて飼い始めたらしい。

深い鍋を覗き、むうちゃんばいばい、と呼びかける。すると、まるで他の誰かを同じ名前で呼んだことがあるようなむずがゆい気分になった。むうちゃんなんて同級生は居ただろうか。仔猫は誰よアンタ、と言わんばかりに怒った声でミャア、と鳴いた。玄関で手を振って祖母と別れ、知里たちは祖父の車に乗り込んだ。

市街地を抜け、緑のより多い道へと分け入るにつれて車窓から流れ込んでくる風の匂いに甘さが増した。初めはばく然と和菓子の匂いだ、と思ったけれど、よく考えると桜餅の匂いに似ている気がする。新花巻駅に降りたときからずっと感じていたこれは、山の匂いだったのか。知里は大きく息を吸い込んだ。

山をしばらく登り、祖父は車やバスがたくさん並んでいる広い駐車場に車を停めた。どうやら目的地に着いたらしい。

また秋頃にばあさんを連れてそっちに行くからな、と寝巻きにコートをはおっただけの祖父はそう言って自宅へ帰っていった。車が去り、知里は母親の実家ではピンと伸びていた父親の背中から、みるみる力が抜けていくのに気づいた。

「まったく、今までだって充分疲れたのに、さらに寄り道か」

「たまにはいいじゃない。あなたの出不精のせいで、ほとんど旅行に行かないんだから」

「外は嫌いなんだ。知ってるだろう」

「童話村は子供向けだけど、記念館はけっこう見応えあるわよ。久しぶりだから、ここに来るまでにちょっと読んで来ちゃった」

そう言って母親はバッグから何冊かの文庫本を取りだした。初めから来る気だったな、と父親は顔をしかめる。母親は知里の手を取って童話村の入り口へどんどん歩き出した。

母親の腕にぶら下がり、知里は口を開く。

「ね、ケンジ？　ケンジのところに行くの？」

「ちーちゃんよく知ってるね。そうよー、宮沢賢治《みやざわけんじ》の童話村に行くのよ」

「ミヤザワケンジってどんな人？」

「あらやだ、小学校でやらないの？」

「まだ少し早いんじゃないか」

「ちーちゃん、銀河鉄道の夜って聞いたことない？」

あるような気もするし、ないような気もする。母親は知里を童話村の入り口に立てられた白い看板の前へ連れて行った。駅のホームの看板そっくりに作られたそれには、大きく「白鳥の停車場」と書かれていた。一つ前の駅は「銀河ステーション」で、一つ後の駅は「鷲《わし》の停車場」になっている。

「死んじゃった人が、夜空の星を巡る電車の旅をするお話が有名なのよ」

「ふーん」

なんだかすごく作り話って感じだなあ、と知里は期待が外れた気分になった。幼稚園の頃に読んだ絵本みたいな、ぜんぜん本物らしくない設定だ。もう小学生だし、あんまり子供っぽい話は嬉しくない。気分が乗らないまま童話村の中へ入ると、広い緑の芝生《しばふ》の奥にきれいな美術館みたいな建物が建っていた。母親が言うには「賢治の学校」という施設らしい。

しかし、入り口で料金を払って始めの部屋に入った途端に、それまで低調だった知里のやる気は一気に跳ね上がった。なんてきれいな部屋だろう。筒型の部屋の壁沿いに、それぞれ別々のかたちをした美しい椅子がいくつも並べられている。壁も椅子も本棚もコートも、室内のありとあらゆるものが真っ白に塗られていて、なんとも言えず幻想的だった。

壁には、夕焼けの茜色から昼の水色、夜中の銀河の紺碧《こんぺき》へと移り変わる空の色合いで塗られた木が一本だけ描かれていて、他の品々の白さから浮き立つことでびっくりするほど鮮やかに見える。知里はさっそく気に入った椅子を選んで腰を下ろした。足もとに、不思議な言葉が書かれた銀色のプレートが置かれている。どうやら賢治のお話の一部を紹介しているらしい。

おーい行くぞ、と早くも飽きた様子の父親に呼ばれ、知里は椅子から立ち上がった。

鏡張りの室内にたくさんの星が投影された宇宙の部屋、上空から山々を見下ろした景色が足もとのディスプレイに広がる天空の部屋、壁に雲や水の映像が流れる水の部屋に、大きな植物や虫のぬいぐるみが所狭しと置かれた大地の部屋を、知里は大はしゃぎで通り抜けた。はっきりとしたきれいなもの、普段見たことのないものがたくさんあって楽しい。ところどころに賢治の文章が展示されているのも面白かった。賢治の文章はあんまり難しくなくて、すっと頭に入る気がする。

「賢治の学校」に続いて、ログハウスがたくさん並んだ「賢治の教室」へ向かった。ここでは宮沢賢治の作品を引用しつつ、鳥や星、動物や植物など、一棟ずつテーマを変えて岩手の自然が学べるようになっている。修学旅行向けだな、と父親はつまらなそうな声を上げ、じゃあ知里にぴったりね、と母親に切り返された。子供向けのわかりやすい言葉で鳥の飛び方や植物の種類、動物の生態を説明してくれるので、知里にとっては確かに親しみやすかった。

星をテーマにしたログハウスのある展示物の前で、知里の足はぴたりと止まった。北斗七星に関する説明文で、賢治の小説のこんな文章が抜粋されていた。

【あゝ、マヂエル様《さま》、どうか憎《にく》むことのできない敵《てき》を殺《ころ》さないでい、やうに早《はや》くこの世界《せかい》がなりますやうに】

烏《からす》の北斗七星、というお話の一文らしい。知里は一度この文章を読み、もう一度読んで、心臓がキュッと強い力でつかまれたみたいに痛むのを感じた。

にくむことのできないてきをころさないでいいように。唇を動かして、ゆるりと首を傾げる。自分の体験では絶対にないのに、殺したくないものを殺して、殺されたくないものに殺されたことがあった気がする。思い出とか記憶とかそんな確かなものでなく、ただ、心や体、血に混ざった小さなものたちが知っている。

童話村を出た後は、道路を挟んだ反対側の、坂を登ったところにある宮沢賢治記念館の方へと足を延ばした。こちらは賢治の経歴をこまかに紹介しつつ、写真や筆記具、直筆原稿などのゆかりの品がたくさん展示されていた。派手さのない展示に知里はすぐに飽きてしまい、館内のベンチに座ってぶらぶらと足を揺らした。

館内を一巡りした母親がやってきて隣に座る。父親はまだ賢治の直筆原稿を食い入るよ

うに見つめていた。知里もちらっと目を向けたけれど、字が汚いのと漢字が読めないのと

で、なにが書いてあるか全然わからなかった。

ぶん、と足を振り上げる。

「お父さん遅いねー」

「お父さん、ああ見えて大学生の頃は文学青年だったからね。きっと照れて口に出さないけど、楽しいのよ」

「さっきは文句ばっかり言ってたのにー」

母親は機嫌を損ねる様子もなく、しかたないひとよねえ、と喉を揺らしておかしげに笑う。口喧嘩が多い割に、知里の両親は仲がいい。それが知里からすればよくわからない。お父さんなんて面倒くさいし我儘《わがまま》だし、いいところなんか全然ないと思う。

ちーちゃんおいで、読めないの読んであげる、と母親に誘われてベンチを立った。母は殴り書きのような直筆原稿を指さしながら、エイケツノアサという詩の数枚を読んでくれた。言葉が難しくて、読んでもらっても半分ぐらいしかわからない。ただ、びっくりするくらいこわいのと、言葉がきらきらしているのとを同時に感じて、知里は不思議な気分になった。母親によると、これは宮沢賢治が大好きだった妹の死について綴《つづ》った詩らしい。気になったところを、もう一度ゆっくりと読んでもらう。

【この雪はどこをえらぼうにも
あんまりどこもまっしろなのだ
あんなおそろしいみだれたそらから
このうつくしい雪がきたのだ】
どうして、妹の死にきらきらがあるのだろう。そこには真っ暗しかないはずだ。「あんなおそろしいみだれたそら」みたいに、こわくてつらくてひどいものだと、知里の中のなにかが知っている。それなのに、空からやってくる真っ白な雪はきれいなのだ。そんなさみしくて美しい景色が、見える気がする。
「なんか、きれい」
呟くと、母親は「ね、きれいね」と穏やかに相づちを打った。
心の中で、ひょん、と緑色のバッタが跳ねる。悲鳴を上げた小さな体が抱きついてくる。ころころと転がる桜の花びらを、ほうきとちりとりに分かれて一緒に掃いた。付いてくるのに気がついて振り向くと、にいっと唇の端を持ち上げて照れくさそうに笑われた。一年をかけて少しずつ仲良くなった。楽しかった。嬉しかった。たとえ長く一緒にいられないのだとしても、次に会ったらまた大事にしたい。あの子のことが好きだった。
そんな間違いのない心が、暗いものに塗り潰されてしまっていい理由なんて、どこにもなかったはずだ。この賢治という人は本当に目がいいのだ。こわいこわいとなっても、目の前にあるきらきらしたものを絶対にこぼさない。ちゃんとつかまえて、抱いている。

母親が他の展示を見に行っても、知里は同じ原稿の前に立っていた。あんなおそろしいみだれたそらから、このうつくしい雪がきたのだ。読めるようになった一文をなんども唇で繰り返す。

ふと、壁にかけられた白黒写真を見上げた。のっぺりとした顔の男の人が写っている。この見知らぬ男の人は、知里が生まれる何十年も前にこの土地で、この山の匂いを嗅ぎながら、真っ暗闇を見つめてつかまえたものを目の前の原稿用紙へ書き込んだのだ。彼が綴ったきらきらが、道筋のようにまぶたの裏で光る。これでやっと、あの小さな足音に追いつける気がした。


帰りがけに、父親は記念館の近くの土産物屋で「春と修羅」の直筆原稿の複製を最初から最後までそろえて買っていた。知里はハルトシュラ、と忘れないよう小さく呟く。大きくなったら、このなにを考えているのかさっぱりわからない父親の心を揺らすその原稿も、読んでみたいと思う。

お昼近くなり、知里たちはタクシーを呼んで、母親の希望で花巻駅近くのマルカンデパートに向かった。なんでも母親が学生の頃に通っていた食堂があるらしい。花巻まで来てデパートの食堂？　と父親は怪訝そうだったけれど、なにを思ってか文句を言わずについて来た。

こぢんまりとしたデパートのエレベーターに乗って最上階に辿りつくと、ワンフロアを丸々使った、見たこともないほど大きな食堂が目の前に広がった。大展望大食堂という名前の通り、壁面にはずらりと大きな窓が並んでいて、そこから花巻の町が見渡せる。なによりも驚いたのが、そんな広い食堂のほとんどの席を地元の人が埋めていたことだった。

なんだこりゃ、と父親が気の抜けた声を上げる。

「花巻の人はみんなここに集まるって決まりでもあるのか」

「ここ、すごく居心地がいいのよ。私も学校帰りに毎日寄って、友達とソフトクリーム食べてたわ」

料理はどれもこれも安い上にメニューが豊富で、見ていて楽しくなるほどたくさんの食品サンプルがケースにずらりと展示されていた。名物は母親が毎日食べていたという高さ二十五センチのソフトクリームで、値段は百七十円だった。中華そばにグラタン、かつカレーと、それぞれに好きなものを注文し、最後に三人で巨大なソフトクリームを食べた。賑やかで明るくて、ずっといたくなるようなお店だった。

部活帰りらしいジャージ姿の女の子たちがはしゃぎながらソフトクリームを食べている。ご先祖様も、ばあちゃんも、ちーちゃんのお母さんも、みんなちーちゃんみたいな女の子だったんだよ。祖母の言葉を思い出し、知里は嬉しそうにソフトクリームのコーンをかじる母親の横顔をじっと見つめた。

新幹線の時間を確認しながら時間を潰し、知里たちはやって来たときの新花巻駅ではなく、デパートの最寄《もよ》りの花巻駅へ向かった。東北本線に揺られて北上《きたかみ》駅で降り、そこから東京行きの新幹線に乗車する。

「はあ、やっと終わった。寝る」

窓側の席を取った父親は、座って早々にアイマスクをつけてシートを倒した。よほど不得意な愛想を振りまいて疲れたのだろう。通路側の席に着いた母親は、鞄《かばん》から文庫本を取りだした。

「ちーちゃんも、疲れてたら寝ちゃいなさい」

真ん中の席に座った知里はうん、と頷きながら目をこすった。言われるまでもなくたくさん歩き、たくさん考え、最後にお腹いっぱい食べたせいですっかり眠気が差していた。父親の肩に頭を預け、安定できる角度を探す。うつむいて服のえりに鼻を埋めると、染みついた山の匂いがほのかに香った。

これがきっと、最後の夢になる。すっかりなじんだ匂いを頼りに深い場所へと降り、みどりちゃんの姿を探した。闇の中、はらはらと砕けていくハクモクレンの木の根元に見覚えのある背中を見つけた。雪のように積もった花びらの真ん中で、膝を抱えてしゃがんでいる。ずいぶん長く連れ回してしまった。みどりちゃんの背後に膝を折り、知里はゆっくりと手を伸ばした。きれいに編み込みのされたツインテールの後頭部をそうっと撫でる。お母さんがやってくれた自慢の髪型を、この子はけして忘れないのだろう。

「また遊ぼうね」

呼びかけに、丸い頭が確かに一つ、頷いた。白い花びらが降り続ける。やがて小さな体は立ち上がり、闇の向こうへと駆けだした。

桜の下で待っている

平日、夕方の上りの新幹線には出張帰りのビジネスマンが多い。今日は金曜日。一週間を乗りきった自分へのご褒美として、ちょっと高級感のあるお弁当を買うお客様が増えるかもしれない。仙台の「網焼き牛たん弁当」と岩手の「三陸あわびうに飯」は多めに積むようにしよう。追加でおつまみを注文する人にはせっかくなのでビールだけでなく日本酒も提案してみようか。二巡目はお土産をメインに積んで巡回しよう。先日のミーティングで郡山の「薄皮饅頭」をすごく上手に売るスタッフの話が出たけど、どんな声かけだったっけ。あれこれと考えながら車内の準備室でワゴンの支度をしていると、背後から亜美《あみ》さんが声をかけてきた。

「さくらさん、里香《りか》さんが言ってた今日のアレ、行くんでしょ？」

ワゴン作りに没頭していたため、さくらはぽかんと頭が白くなるのを感じた。アレってなんでしたっけ、と間抜けに復唱し、それが二週間前に声をかけられた合コンの話だと遅れて思い出す。

「い、行きます！　行きますともー。あの歯医者さんのやつですよね？」

「あれ、楽しみにしてた割に忘れてたんだ」

「ここのところ泊まりが続いたから、曜日感覚がなくなってて……。亜美さんは行くんですか？」

「行きたかったんだよーう。でも私、今日はこのあと東京で折り返して、盛岡で泊まりなんだわ」

「あらら、お疲れさまです」

「筧利夫似《かけいとしお》のイケメンがいたら情報回してね」

ひらひらと手を振って、亜美さんは後部車両へと向かった。三つ年下の二十六歳だという彼女は中途で入社したさくらよりも役職のランクが高く、中堅スタッフの指導役を任されている。小柄で目がくりっとした外見は不二家《ふじや》のペコちゃんそっくりだが、百二十キロを超えるワゴンをまるでスーパーのカートでも押すように軽々と操り、びっくりするほどたくさんのお弁当を売ってくる。そして男の趣味が割と渋い。今は気兼ねなくしゃべれるようになったけれど、入社したばかりの頃はひたすら指導の厳しい、恐ろしい先輩だった。

憧れに突き動かされて再就職した車内販売員の仕事は、想像以上のハードワークだった。ヒールを履いた長時間の立ち仕事な上、ワゴンの扱いや飲料の積み込みなど体力勝負なシーンも多く、販売をしているあいだは三百六十度お客様の動きに目を配らなければならない。しかも個人の売上金額が毎日はっきりと提示されるため、プレッシャーも強い。職場に定着し、長く続けていけるのは創意工夫を重ねて売上を積み上げてきた職人気質《かたぎ》の人ばかりだ。女ばかりの縦社会には華やかさと同じだけの厳しさがある。

車掌のアナウンスに続いて扉が閉まり、新幹線が音もなくホームを滑り出した。よし、と腰を叩いて気合いを入れ、さくらは自分が担当する先頭車両の方向へワゴンを押し出した。

遠くに行きたい、と思ったのだ。

四年前、勤め先の関西に本社のある印刷会社が「事業縮小のため東京の事業所を閉鎖する」と従業員の整理解雇を発表した夜のことだった。季節は春で、盛りを迎えた桜の花が町のあちこちで薄紅色の天蓋を作っていた。会社帰りに近くのコーヒーショップで一番安いSサイズのホットコーヒーを飲みながら、さくらはぼんやりと窓越しの夜空を見上げた。こんな日が来るとは思わなかった、と言ったら嘘《うそ》になる。ただ頭の中が空っぽで、なにも考えられなかった。

短大を卒業し就職課の紹介で入社して以来、会社の業績は悪化の一途を辿った。年を追うごとに人員は減らされ、仕事だけが山のように増えていった。二十代前半の自分が一体なにをやっていたのか、いくら記憶をたぐってもさくらはほとんど思い出せない。覚えているのはいつも納期に追われていて、ミスが出たと言われては方々へ謝って回り、電車の扉に寝ぼけて頭をぶつけていたことぐらいだ。小さな会社だから時勢の変化に対応できなかったのだろう。いくら朝礼で頭を下げた社長のつむじを思い出しても、恨むどころか、そのエネルギーすら体のどこにも見当たらない。

首が疲れてきて、空へ据えていた目がそろりそろりと下がっていく。雑居ビルを埋める飲食店のネオンと行きかう車のライトに照らされた、せわしない夜の町が目の前に広がる。同じ千代田区でも美しく拓《ひら》かれた東京駅周辺や近代的な商業ビルが連なる秋葉原《あきはばら》とは雰囲気の違う、混雑した下町の一区画だ。夕飯が終わったぐらいの時間帯で、人通りは多い。

当時さくらが住んでいたアパートは、会社のすぐそばにあった。あまりに終電を逃すので、いっそ近くに住んだ方が楽かと就職して一年ほどで引っ越したのだ。失敗だったなあ、と思う。ずっとこの小さな領域で会社と家とを往復してきた。せっかく交通の便のいい都内にいるのに、私はどこにも行っていない。よく考えれば毎日見てきた通りすら、最後まで歩き通したことがない。その先になにがあるのか、知らない。

コーヒーを飲み終えた瞬間、遠くに行きたい、と空っぽの頭に唐突な欲望がともった。

弱く光る、馬鹿馬鹿しいと自分でも笑いたくなるような思いつきだった。遠くに行って、今まで知らなかったものを見たい。空のコーヒーカップをカウンターに返却し、目の前の通りをふらふらと歩き始めた。すぐにハイヒールの爪先が痛くなり、だけど気にせず足を進める。

雑居ビルが並ぶ繁華街を抜け、大きな高速道路のガード下をくぐる。二十分ほど歩くうちに、巨大なビル群に挟まれた通りに迷い込んだ。どうやら大手町《おおてまち》に出たらしい。一つ一つの建物が大きすぎて、遠近感が少し狂う。亀か蟻《あり》になった気分で銀行や新聞社、誰もが知っている大手企業の本社ビルの前を通り抜ける。

やがて視界の半分を塞いでいたビルの陰から、赤みを帯びた金色の塔が思いも寄らない近さで顔を出した。ライトアップされた東京タワーだ。あれ、こんな近くにあったんだ、と胸を衝《つ》かれて足が止まる。東京タワーの最寄り駅ってどこだっけ。考えても、とっさに思い浮かばない。移動手段のほとんどが電車なため、東京の地理といえば実際の地図よりも鉄道の路線図を思い浮かべる方が多かった。なにしろ都内はビルが多く、視界が遮られてしまってランドマークの位置関係が把握しにくい。

ただ、あの大きさなら歩き続ければ届きそうだ。夜の海で灯台を見つけた船は、こんな気分になるのだろうか。さくらはハイヒールの爪先を金色に輝く塔へ向けた。

「ビールと柿の種」

「弁当って今なにがあるの」

「あのよく売ってるほや、ある?」

客室とデッキを隔てる自動ドアを通ると、矢継ぎ早に左右の席から声がかけられた。その一つ一つに笑顔で応対し、さくらは商品やメニューを渡して釣り銭を用意する。

これまで接客業に縁がなかったせいか、始めたばかりの頃はひたすら手元がばたついて、無駄な動作が多いと何度も叱られた。今では大量の注文にも慣れ、エプロンのポケットに入れた硬貨の種類も指先だけで判別できるようになったため、いくらかスムーズに応対できるようになったと自分では思う。ただ、車内販売の一番の肝は実際にお客様に声をかけられてからではなく、その前の段階にあるのだ、と亜美さんは言う。

お客様の様子をよく観察して、必要とされるタイミングにちゃんと巡回すること。パソコンで仕事中のお客様ならコーヒーで一息入れたくなるのはいつ頃か。観光客ならお土産の買い忘れはないか。買いたいと思っていたのにこちらが気づくことができずに通り過ぎてしまった人はいないか。商品の案内にも工夫が要る。ただコーヒーお弁当お菓子お土産と繰り返すだけではなく、どんなコーヒーなのか、お土産ではどんな物が人気なのか、弁当にはどんな具材が入っているのか、ちょっとした一言を付け加えるだけでもお客様の反応は変わる。潜在的なニーズを逃さず掘り起こし、声をかけられる前の段階から、声をかけられやすいように場を調整していくことが大切なのだと教わった。

「もしこの人が家族だったらって考えればいいんだよ。お父さんが一番好きなお弁当を選べた方がいいなーとか、お母さんさっきトイレに立ってたけど、買いたかったもののなかったかなーとか。なにも言われなくても、なんとなくわかることってあるじゃない」

接客の勘のいい亜美さんに迷うことなく「家族」と言われ、さくらは少し困った。

さくらの両親は、さくらが成人して間もなく離婚した。母親はすでに新しい家庭を持ち、父親とは十年近く接点がない。一緒に暮らしていた頃もあまり家族仲が円満だったとは言えず、喧嘩しがちな両親となるべく関わらないよう、さくらと五歳年の離れた弟はいつも身を縮めて暮らしていた。近い関係性だったらわかるもの、といった感覚はあまり信じていない。

ただ、とにかくお客様の仕草を見落とさないよう目を凝らし続けるうちに、少しずつ「あ、お財布を探してるから何か買いたいものがあるんだ」「声はかけてこないけど、なにか聞きたそうだな」といったポイントに気づけるようになり、売上は少しずつ伸びていった。

行楽なり仕事なり帰郷なり、乗っている誰もが予定を持って張りつめている午前中の新幹線より、もう一日を終えて後は帰るだけ、とお客様の肩が弛緩している夜の新幹線の方がさくらは好きだ。お疲れさまです、とねぎらいたくなるし、応対の声にも自然と気持ちがにじむ。自分がこの新幹線のレール上を一ミリも外れることなく行ったり来たりしているあいだに、この人たちは出向いた先で様々なものを見聞きし、味わい、獲得し、日程を終えてまたこのレールの上に戻ってきたのだ。考えれば考えるほど、奇妙で楽しいことだと思う。

ふと、今日の日中にデッキで出会った少女の顔を思い出した。丸襟で品の良い、かわいいワンピースを着ていた。結婚式に行くのだと言っていた。鉄のかたまりがものすごい速さで走っている、ということが急に怖くなってしまったらしい。あの子は無事に目的地へ着いただろうか。初めて赴く花巻の景色は、あの子の目にどんな風に映っただろう。

新幹線は安全なの？　と涙目で向けられた問いに浮かんだ答えのなかで、わざと言わなかったものがある。新幹線は安全だ。営業開始から五十年、乗客の死亡事故がゼロであるという実績はものすごい。けれど新幹線で死んだ人がゼロなわけではない。ごく稀《まれ》に、恐ろしいものに追い立てられ、柵を乗り越えホームを蹴って、新幹線の進路に飛び込んでしまう人がいる。あの子がそんな恐ろしいものに出会わないまま一生を過ごせたらいいなあ、とさくらは思う。それとも、そんな風に子供の目から怖いものを隠そうとすることの方が、あの子を信じず、未熟なものだと侮っていることになるのだろうか。

こんな風に、お客様とのなにげないやりとりが記憶に残ることは多い。たまにさくらは、この仕事をまるで水量の多い太い川を覗いているようだと感じることがある。毎日毎日、ものすごい数のお客様がさくらのそばを通り抜けていく。多くの人は一期一会で、二度と出会わない。彼らの帰りの新幹線がさくらの担当する便になるとは限らないからだ。だけどふとした瞬間に彼らが残した断片は、さくらの中に少しずつ降りつもっていく。

家族へのお土産を熱心に選んでいたおばあさん、これから娘の葬式なんだと買った弁当に手をつけずにいつまでも泣いていた父親、初めての遠出にずっとデッキではしゃいでいた子ども達。リクルートスーツを着た就活生の、コーヒーカップを握る真っ白な指。仕事を続けるうちにいつしか、あと一言、なにかが言えればいいのにと思うようになった。あと一言、商品の説明でも名所の案内でも、この遠出がその人にとってより楽しいものになるようななにかを、もっとうまく付け足せたらいいのに。これが亜美さんの言う、家族だったら、と思うことだろうか。

考え事を止めて販売に専念し、三時間ほどの乗務を終えた。残れば廃棄になってしまうお弁当やサンドイッチを無事に売り切れたことにほっとしつつワゴンを片づけ、営業所で売上を集計する。チェッカーから弾き出された金額が金曜日の平均売上額をやや上回り、これにも胸を撫で下ろした。夕飯とってくるね、と財布片手に急ぎ足で駅構内へ出て行く亜美さんを見送り、当直に引き継ぎをして帰り支度をする。

携帯を確認したところ、幹事の里香さんからメールが入っていた。予定通り、八時から丸《まる》の内《うち》の個室居酒屋で三対三。場所と時刻を確認し、ロッカールームで化粧を直してから他のスタッフに声をかけて退勤した。スタッフ用の通用口から外へ出ると、午後七時過ぎの東京駅は帰りの通勤客でごった返していた。

合コンだと忘れていたせいで、甘さのかけらもない黒とパープルのボーダーVネックに、人を絞め殺せそうなぶっといゴールドのネックレスを合わせて来てしまった。さくらは急いで駅から直結しているデパートに飛び込み、白地にうっすらとパステルカラーの花模様が描かれた清楚なトップスを購入した。新しいアクセサリーを買うのはくやしかったので、ちゃんと襟元に小粒のラインストーンがあしらわれているものを選んだ。あとは毎日鍛えている愛嬌《あいきょう》でなんとかしよう。ぐっと気合いを入れて地上へ向かう。

夜の丸の内駅前広場はライトアップされた東京駅と、ずらりと並んだ窓を皓々《こうこう》と光らせたオフィスビルとに囲まれていて、ほとんど毎日横切っているのについ足を止めてしまうほど美しい。ここが好きだな、と思う。何年経ってもこの景色を見ていたい。そんなことを思いながら会場の居酒屋が入っている商業ビルへ急いだ。

二時間後、可もなく不可もなく他のメンバーと駅の改札前で散会し、さくらは同じく里香さんに呼ばれてやってきた営業所の経理スタッフの瑞穂《みずほ》と、近くの串揚げ屋で飲み直していた。

「結局うちら、里香さんのめんどくさい恋愛に付き合わされてるだけだよね」

席について早々に生のジョッキをぐっとあおり、疲れきった声で瑞穂は言った。さくらは芽キャベツとカマンベールチーズを交互に刺した串揚げを一切れずつ味わいながら、どんどんあからさまになるねえ、と相づちを打つ。同い年の二人は入社した時期が近いせいもあって、職場でも特に気安い関係となっている。ちなみに里香さんは二人より五つ年上で、瑞穂の上司に当たる。

里香さんと彼女の高校の同級生だという歯医者の男が幹事となって合コンを開くのは、これで三度目だった。明らかに二人はお互いに気があって、けれどなぜかそれを切り出さず、合コンを名目に接点を作ってはちらちらと子供っぽく気を引き合っているような節があった。幹事だからとテーブルの端に陣取って同窓ネタで盛り上がる二人のおかげで、会は始めから終わりまで微妙なムードが漂っていた。幸い男側の一人が社交的で、当たり障りのない世間話をたくさん振ってくれたからなんとか場は保ったものの、しんどい時間であったことには変わりない。かといって、しんどくない、なんの問題もなく出会いに恵まれた合コンというのも、なかなかないのだが。

さくらは続いて届いたきゅうりの塩もみをつまみながらスマホを取りだした。

「まあ、アドレスは交換しましたが」

「大西《おおにし》さんいい人だったもんね。でもなんか、あまりにそつがなさ過ぎて、陰でＤＶとかしそうじゃない？」

「えっ、それはわかんなかった」

「まあただのカンだけどさー。私はどっちかっていうともう一人の松野《まつの》さんの方がいいかなー」

「あの無口な人？　趣味が世界遺産のプラモの？」

「そういうのにズボッとはまってる人って浮気しなそうじゃん」

気怠《けだる》く感想を語り合い、男性三人の中ではあの失礼な幹事の男が一番イヤだ、里香さんいい趣味してる、とネタにして溜飲《りゅういん》を下げる。ひとしきり笑い飛ばした後に、口角にビールの泡をつけた瑞穂はしみじみと言った。

「でもさあ、さくらの本気度を見習いたいよ。私なんか、松野さんいいかもって思っても自分からはアドレス聞かないし。こういうのに声かけられたら一応顔出すけどさ、でもほんとーに結婚したいのかって言うとよくわかんないもん」

本気、と言われてさくらは言葉に詰まった。確かに誘われた合コンは断らないし、もう少し話したいと感じる人にはためらわずにアドレスを聞く。でもそれが家庭だったり出産だったり、子育てや介護やローンといった重たい印象を孕《はら》む「結婚」の二文字にしっかりと結びついているかというと、確信はない。

「そんな、ほんとーにほんとーに本気で結婚したいのかっていうと、私もよくわかんないよ」

「でも、いい相手がいたらって思ってるんでしょ?」

「うーん」

泡の消えたハイボールをちびちびと舐め、さくらは向かいに座る瑞穂を眺めた。仕事上がりに営業所で見かけるときにはまぶたも唇も乾いていることが多いけど、今日は休みだったらしく、合コン用の気合いの入ったメイクに彩られた顔はとてもきれいだ。毛穴一つ見えないクリーム色の肌がつるつるしている。ナチュラルなチェリーピンクの唇は、揚げ物にかぶりつく前からきちんと潤っていた。

十代の瑞穂に会ったことはないが、その頃よりきっと今の彼女の方がきれいだろう、と思う。肌の水分はいくらか失ったかもしれない。でも、その代わりに仕事とお金と自信と自由を得て、年月の分だけ獲得したものを金色の羽衣みたいに全身にまとっている。

結婚や家庭について思うとき、いつもさくらの頭に浮かぶのは物心ついた頃の母の顔だ。年齢としては、今の自分と十歳も変わらないだろう。そのことにも驚くし、なによりも当時の自分が母親のことを「くたびれた普通のおばさん」だと思っていたことが信じられない。母親の肩に、この金色の羽衣は見えなかった。いつもなにかに怒っていて、めんどくさそうに家事をしていた。なんにも持っていない、ただ口うるさいだけのつまらない人だと思っていた。

今以上に女性に優しくなかった時代のせいか、母親や主婦といった所帯じみた肩書きがそう見せたのか。それとも自分が子供だったから、あるはずの羽衣が見えなかったのだろうか。わからない。ただ、まだなにかしらの羽衣をまとっていると信じられる自分や瑞穂が、結婚、出産、と新たな荷物を背負うにつれて一枚ずつその衣を脱ぎ、「くたびれた普通のおばさん」になっていくような不安は常にうっすらと付きまとう。

「結婚はともかくさ、おばさんになるのはこわいよね」

脈絡なく浮かんだことをそのまま呟くと、瑞穂は目尻にくしゃりとしわを寄せて笑った。

「なに言ってんの、そのへん歩いてる女子高生からすれば、私たちとっくにおばさんだよ」

「そりゃそうだろうけど、そこは一つ、お姉さんでさあ」

「あつかましい」

笑っているうちに、グラスの隣に置いたさくらのスマホが鳴った。ディスプレイが光り、封筒のマークが現れる。

「あ、ごめん。そろそろ」

「んん、時間?」

「うん、ちょっと弟が来るんだ。相談があるとかで」

「こんな時間に。仲いいねえ」

「仲いいよー。いくつになっても頼りなくて、ほっとけないの」

もう少し飲んでいくという瑞穂に代金を渡し、また明日、と手を振って別れた。ハイヒールを鳴らして駅へと戻り、仕事帰りの乗客でごった返した山手線《やまのてせん》に揺られて品川《しながわ》方面へ向かう。家の最寄り駅の改札口に、まだ弟の姿はなかった。スマホをともしてメールを確認しながら、改札口で吐き出される人の流れに目を凝らす。

遠目でも柊二《しゅうじ》の姿はすぐにわかった。柊二はさくらよりも拳一つ分ほど背が高く、肉づきの薄い体をやや前屈みにして歩くのが癖だ。白地にライトグリーンのストライプが入ったシャツにベージュのチノパンを合わせ、魚が川を下るようにするすると混雑を抜けてくる。片手を挙げたさくらに気づき、耳へ差し込んだイヤホンを外した。耳たぶに三つ並んだピアスがきらりと光る。柊二は千葉にあるメンズ向けのアパレルショップで副店長として働いている。うっすらと茶色く染めた髪を揺らし、五つ違いの弟は軽く首を傾げた。

「待った？」

「今来たところ」

「なんか服が違ってない？　姉ちゃん普段はもっとトゲトゲギャルギャルしてんのに、なんで急にガーリーなの」

「トゲトゲしてて悪かったわねー。合コンだったの」

「ふーん」

姉ちゃんも合コンとか行くんだ、と呟く柊二を連れて、さくらは駅の近くの駐輪場へ向かった。自転車を回収し、徒歩なら十五分ほどかかるアパートへの道のりを歩き出す。途中のコンビニで柊二は冷凍のラーメンを買った。閉店作業が長引いて、夕飯をまだ食べていなかったらしい。

さくらが借りているワンルームは十階建てのマンションの九階にある。築年数は四十年近いが、リフォームのおかげで内装はそこそこ整っている。家賃の安さと通勤の利便性と、あと一つ、小さな理由で選んだ部屋だ。

荷物を置くと、柊二はさっそく台所に立って調理を始めた。六畳の洋室に味噌の匂いが立ちのぼる。なにも具を入れずに麺を煮立てていたので、見かねたさくらが横から葱《ねぎ》と卵を投入する。柊二は「ども」と呟いて照れたように唇をとがらせた。

化粧を落として部屋着に着替え、さくらは背中を丸めてラーメンをすする弟のそばへ座った。柊二はなかなか相談の内容を切り出さず、ぼんやりと十一時台の報道番組を眺めている。暇だったので、さくらはローテーブルの真ん中に飾ってあるスノードームをひっくり返した。テニスボール大のドームの内部を淡いピンク色の紙片がきらきらと舞う。中心に立っているのは満開の桜の木だ。

都内の桜が盛りだった二週間前、駅構内の雑貨屋で一目惚れして買ってしまった。桜だったり紅葉だったりが見頃の観光シーズンは、毎年なかなか休みが取れない。これでも代わりに愛でていよう、といった少し自虐的な気分もあったのかもしれない。そして予想通り、今年も数え切れないほどのお客様にお花見スポットの案内をしたにもかかわらず、プライベートでは一度も花見に出かけられなかった。

いつのまにか都心の桜は緑の目立つ葉桜となり、世間はゴールデンウィークへ向けて浮き立っている。来週の終わりから始まる怒濤《どとう》の連勤シフトを思い出し、体力をつけておかなければ、と自然とみぞおちに力が入った。行楽シーズンの混雑の中で商品を売りさばくのは大仕事だが、売上の増大が見込める勝負の時期でもある。

空のどんぶりを流しに置いて戻ってきた柊二は何度か座る姿勢を変え、言葉に迷うように口元をむずつかせてやっと用件を切り出した。

「俺、結婚するかもしれなくて。春から一応だけど社員になれたし、もう五年も付き合ったんだしそろそろって話が、香織《かおり》からも、香織の実家からも、あって」

つっかえつっかえの報告にさくらは目を見開いた。喜びと驚きで、みるみる頭の中が薄紅色に染まっていく。以前に何度か顔を合わせたことのある香織ちゃんは、ベーカリーでパンの製造をしているハキハキとした明るい女の子だ。人に流されやすいところのある柊二よりもよほど金銭感覚がしっかりしていて、この子が一緒にいてくれる限りは安心だなあと密《ひそ》かに頼りにしていた。

「めちゃくちゃいい話じゃない！　もう、姉ちゃんあんたがいつ香織ちゃんに愛想つかされちゃうかってひやひやしてたよ。おめでとう。よかったねえ」

「うん、よかったんだろうけど……」

めでたい話の割に柊二の反応は鈍く、スノードームをテーブルの上でころころと転がしている。しばらくの間、口を挟まずに続く言葉を待っていると、弟は眉をひそめた少し苦しげな顔で「家庭ってそんなにいいもんだっけ」としぼり出すように言った。

　両親が徐々に不仲になったのは、さくらが高校生の頃からだった。喧嘩の原因はあまり思い出せない。けれど、母親が父親に対して「私を見下してるでしょう」「なんのために結婚したの」と叫んでいたことは覚えている。基本的に口論は口達者な母親のペースで進み、言葉に詰まった父親が最後に物を投げたり壊したりするのが常だった。しばらくすると夕飯の席に父親が顔を出さなくなり、同じ家に住んでいてもほとんど別居しているような暮らしが続いた。なにかお互いに用があるときには、両親はさくらか柊二を呼んで伝言をさせることが多かった。

　少しでも両親を会話させようと、柊二と二人でバカみたいに居間でふざけたり、わざと大声でしゃべったりしていたのを覚えている。自分たちがバカなことをして失敗するから、両親に一緒になって叱って欲しい、というのが無意識に通じ合った姉弟の願いだった。けれど喉が痛くなるまではしゃいでも「うるさい」と母親の声がとがるばかりで、家の中は静まりかえっていた。母は攻撃的な蛇に見えたし、父親は触れた手のひらを凍《い》てつかせる冬の岩山に見えた。さくらが成人して家を出たのと同じタイミングで両親が離婚し、まだ中学生だった柊二は母親に引き取られた。

独り立ちして、心底ほっとしたのを覚えている。もう、あんなにはしゃいだり、笑いを取ったり、バカなことをしたり、しなくていいのだ。それまでさくらは自分のことを「口数の多いお調子者」だと思っていた。けれど一人暮らしを始めてやっと、自分はしゃべるよりも人の話をぼんやりと聞いている方が好きなのだと知った。

人手の少ない職場で忙殺されるうちに数年が過ぎたある日、フリーターをやっているという柊二がふらりと訪ねてきて、あの人また結婚したから、赤ん坊ができたって、と母親の再婚を教えてくれた。

大型連休や夏休み、年末年始には大抵持ち帰りの仕事をアパートのローテーブルでこなしていた。けれど母親の再婚を聞いた頃にふと、忙しいからどこにも行けないのではなく、自分には帰省できる故郷がないのだ、と気がついた。

生まれは埼玉だが、公務員をしていた父親は県内の転勤が多く、物心つく頃には二年ごとの引っ越しを繰り返していた。愛着のある土地は思いつかず、もともとそれほど親交のなかった親族は両親の離婚をきっかけに付き合いが絶えた。特に性格の不一致について昔から相談を受けていたのだろう両家の祖父母は、父方は母親の、母方は父親の悪口を子どもたちに吹きこむところがあり、気まずさからこちらから交流を避けている。

転職をして一年が経った頃、なにも考えずに安心して帰れる場所がちょっと欲しい、と瑞穂に漏らしたことがある。すると彼女は短く考え込み、「なにも考えずに故郷に帰れる人って、あんまりいないかもしれないよ」と言った。

「そういうもんかな」

「私なんか年末に帰るたびに早く結婚しろ、相手がいないなら見合いしろ、子供が産めなくなるぞ、だよ。うまくいってる他の親族といっつも比べられるしさ。実家と仲が悪いから帰省しないって人も山ほどいるし、なんて言うかこう、繫がりがあるのは、それだけなにかを求められ続けるってことだから、安心とはちょっと違う気がする」

「うーん。でもやっぱり、うらやましいよ。心配されたい。夕飯に好きな料理を作ってもらったり、みんなで仲良く寝っ転がって映画を観たりとか、憧れる」

言いながら、さくらは少し変な気分になった。自分はかつて家庭に属していて、父親や母親、親族たちがいつも必ず親切なわけではなく、時にひどく理不尽なことを言ったりやったりするものだと骨身に染みてわかっているはずだ。それなのに他人の家庭について空想すると、やたらと平和で美しいイメージが頭にあふれる。夢や期待が息苦しいくらいにふくらみ、感情の調節が利かなくなってしまう。自分には与えられなかった本当の温かい家庭とはこうなっているはずだ、という理想の像から抜け出せない。

瑞穂は苦い物を嚙んだように喉の奥でうなり、そうやって考えちゃうのもしんどいね、とぽつりと零した。

　ベランダのガラス戸を開けると、涼しい夜風がさあっと首筋を撫でた。

「姉ちゃん、いいものってなに？」

「待ってね、えっと」

　さすがに九階なので見晴らしがよく、静まりかえった夜の町並みを一望できる。駅近辺はまだ明るいものの、零時を目前にして家々の明かりはだいぶ数が減ってきていた。どちらの方角だったかと手すりをつかんで目を凝らし、さくらは夜空の端を指さした。

「ほら、あれ」

　遠く、建ち並ぶビルとビルのすき間から赤みを帯びた金色の塔が顔を覗かせている。柊二はおお、と声を漏らした。

「東京タワーじゃん。すごい。光ってる」

「いいでしょー」

「なに、たまたま？」

「違うよ、ちゃんと物件を探すときに見えるかどうか確認したの。前の職場にいた頃にね、なんとなく散歩してたらあれが見えて、きれいだなあって気に入ってさ。そのまま、大手町から東京タワーのふもとまで歩いちゃった。夜で、仕事の帰りでめっちゃ疲れてて、ハイヒールだったのに」

「なにそれ」

暗闇に柊二の笑い声がからからからと響く。子供の頃から変わらない、小さなパーティクラッカーを鳴らすような乾いた明るい声だ。

「姉ちゃん暇すぎだろ」

「いろいろ考えたい時期だったのよ」

違う、本当はなにも考えていなかったのかもしれない。ただ、きれいだなあ、と惚《ほう》けたように思いながら遠いタワーを目指していた。途中でふらりと道を折れ、金色に輝く東京駅周辺や、ビックカメラや無印良品、マルイなどの大型店が並ぶ有楽町《ゆうらくちょう》駅前を散策した。真っ白い夜桜の咲き誇る日比谷《ひびや》公園の脇を通り抜け、近代的な新橋《しんばし》のビル街を進んだ。

目についた菓子を買い、本を買い、感じのいいカフェやレストランの看板とメニューを覗き、並び始めた夏物や新作の化粧品をチェックして、気が済んだらまた夜空にそびえる金色を探した。どれだけ気ままに寄り道をしても、大体の方向さえつかんでしまえば大きなタワーはすぐに建物の陰から顔を出した。

用事も縁もなく、これまでせいぜい電車の窓からホームの駅名標を眺めるぐらいだった一帯は、実際に歩いてみたら想像よりずっともの珍しくて楽しかった。この先になにがあるのかわからない、行き止まりで引き返したり、思いがけず気を惹かれて予定外の通りに迷い込んだりと、方角だけを頼りに進む道のりは、まるで小さな冒険のようだった。

一時間半ほど散歩を続け、ようやく足もとまで辿りついた東京タワーは優しい暖色で夜空を照らしていて、目に染みるほどきれいだった。しばらく輝きを見上げ、ようやくなんでこんなに惹かれたのか、わかった気分になる。

ライトアップされた東京タワーは、炎の色によく似ていた。焚き火の色だ。遠くに人がいると教えてくれる色だ。私は、誰かに会いたかったのだろうか。

その数ヶ月後、ハローワークで今の職場の求人を見つけたときには、まぶたの裏にその日の金色がじわりとにじみ出した。遠くに行ける、という予感がした。環境が変わるのを機に引っ越しを決め、家賃や交通の利便性に加えてベランダから東京タワーが見えることも検討項目に入れた。そうしてさくらは今、ここにいる。

手すりに両腕を乗せ、目を細めて遠い金色を眺めた柊二はのんびりと口を開いた。

「姉ちゃん光りもの好きだしね。よかったね」

「人をカラスみたいに」

「いやいや、ほんとに。お気に入りの場所があるって大事よ」

そうだね、と相づちをうってさくらは弟の横顔を眺めた。物心ついてから、柊二と喧嘩した記憶がほとんどない。仲がいい、と自分でも思う。このひょろひょろと瘦せて頼りない、人に流されやすくて甘ったれで、でも性根の柔らかい二十四歳の男が大切で仕方がないし、自分の一部のように感じる。それがどれだけいびつなことかも、なんとなくわかる気がする。

「さっきの話、あんたがいやだったら、仕方ないことだと思うよ」

水を向けると、柊二は唇を結んで黙り込んだ。まばたきのたび、遠くを見つめる濡れた眼球が銀色の星のようにまたたく。

風が強くなってきた。さくらは肩口から広がる髪を押さえて空を見上げた。月を透かした雲の流れが速い。だけど風はほんのりと暖かく、都心の春が過ぎ去りつつあることを感じさせた。マンションの周囲にも、もう夜桜の白は見当たらない。いまだに咲いているのは、ガラスのドームで仕切られた樹脂製の桜くらいだろう。けして褪せることも枯れることもない、永遠に美しい、作り物の。

「姉ちゃんはなんで合コンしてるの」

ふいに柊二がこちらを向いた。手すりへ乗せた腕に押し当てられ、口元が少しへしゃげている。

「家のなかに、いい思い出ってあった？　ダメんなったとこしか見てないのに、自分はうまくできるって思う？　何十年も好きでいるとか、そういうもんを信じてる？」

とっさにうまい返事が見つからず、青暗い闇の中で見つめ合ううちに、さくらは小さな頃のことを思い出した。

居間での夫婦喧嘩に耳をそばだてながら、でもなにも言わずに弟と二人でテレビゲームをしていた。いくら気にしないフリをしていても、リモコンを握る弟の指先は震えていた。がちゃん、と高い音が上がり、とっさに顔を見合わせる。柊二の黒々と濡れた目に、魚の影のような怯えがにじむ。きっと柊二も、私の目の中に同じものを見ただろう。お互いが最後の砦《とりで》だった。だから私たちは、年頃の姉弟なら誰でもするような他愛《たわい》ない喧嘩すらできなかった。

月を覆っていた雲が途切れ、少し周囲が明るくなる。さくらはゆっくりと口を開いた。

「私さ、四年前から新幹線に乗ってるじゃない」

「うん」

「そこでね、たくさん見るのよ。帰省っていうか、あ、これからどこかゆかりのある場所に行くんだなーって人たち。そわそわした観光の人とも、表情があんまり変わらない仕事の人ともちょっと違う、肩の辺りがぴりっとした、でも全体的には砕けた感じの雰囲気で、すぐにわかるの。そんな帰省する人を見るたびに、この人たちの故郷ってどんな場所だろう、どんな人がいて、どんな景色なんだろうって思ってた」

しゃべりながら、頭の中でドームの桜をひっくり返す。きらきらと光る花弁が降り落ちる。きっと瑞穂の言う通り、故郷とは必ずしも気安い場所ではないのだろう。お土産を両手に持って勇んで帰る人もいれば、喧嘩をしにいく人も、帰るのが気まずい人もいるに違いない。向かう先に生きた他人がいる限り、関係性は四季を越える桜の木のように花盛りと冬枯れを繰り返し、どちらか一方では固まらないものなのだ。ただ、それを失うことで、私は夢見る花盛りのまま、弟はまっ黒な冬枯れのまま、それぞれの故郷の像を固めてしまった。それはやっぱり、とても悔しくてやるせないことだとさくらは思う。

「それで、そんな行きの人たちを見るのもいいんだけどね。一日が終わって、夜の上りの新幹線で故郷からこっちに帰ってくる人たちが、もう、エネルギーはぜんぶ使い切りましたー、遊びましたー、なんか色々と大変でしたーって感じでぐっすり寝てるのを見るのも、好きなの」

変な趣味、と柊二は肩をすくめて茶化してくる。さくらもつられて声を柔らかくした。

「寝顔がね、割とどのお客さんもまんざらでもないって感じなのよ。だから、きっとそんなに悪いものじゃないって、自分の目で見たもののことは、信じてるかな」

「姉ちゃんは、どこかに帰りたいの？」

「前はそう思ってたよ。今は、……うーん」

遠出を終え、満ち足りた表情で座席に沈んだ乗客の姿が次々と頭をよぎる。問いかけに浮かんだ答えは、本当に奇妙なものだった。ちゃんと考えたことはなかったのに、まるで前から知っていたことのように言葉がするりと喉を迫《せ》り上がった。

「自分がどこかに帰るより、居心地よくするから誰かに帰ってきてほしいな。遠くから、新幹線で来てほしい。私が見つけたきれいなものを一緒に見て、面白がってほしい。そういうのがやってみたくて、家族が欲しいのかも」

大切な人が訪ねてきてくれるなら、自分はまずライトアップされた東京タワーに連れて行くだろう。贔屓《ひいき》にしているレストランで食事を取って、翌日は都内観光に繰り出す。東京駅周辺はもちろん、秋葉原の電気街も、浅草《あさくさ》の雷門《かみなりもん》も、上野の美術館も、町並みの美しい表参道《おもてさんどう》も、スカイツリーもお台場《だいば》も、どこにだって連れて行く。差しだして、喜ぶ顔がたくさん見たい。

そう思った瞬間、朝の日射しに満たされた居間の景色が頭に弾けた。パジャマ姿の母親が、早くごはんを食べちゃいなさい、と文句を言いながら自分と柊二のお弁当に具を詰めていた。天気予報を見ていた父親が、午後から雨だぞ、傘持って行け、と声を上げる。あ

の人たちはきっと、重ね着した金色の羽衣を自分の意志で何枚か脱いだのだ。家庭を作っ

た結末は、たしかに望むものではなかったかもしれない。けれど、まとう衣を厚くするだけではなく、脱いで、自分以外の人間に分け与えることを楽しんでみよう、彼方のものに手を伸ばし、新しい関係性を築いてみようと決めた瞬間が、あの人たちの人生のどこかにあったのだ。

母親は、金色の羽衣を失ってなどいなかった。なんだ、と拍子抜けした気分で顔を上げる。柊二はいまいちぴんと来ていない様子で首を傾げていた。

「女の人の母性ってすげえ」

「いや、たぶんぜんぜん違うものよ」

「えー」

「あんたもいつかそう思うかもよ」

「うーん、どうだろ」

「なんだかんだ言って香織ちゃんのこと、好きなんでしょ?」

さりげなく、普段なら絶対に照れて答えないだろうことを聞いてみる。柊二は手すりに寄りかかっただらしない姿勢のまま、「そりゃ好きですよ、だから困ってんじゃん」と拗ねたように答えた。かわいらしい言い方に思わず笑う。

「お姉ちゃんねー、あんたとやってみたかったことがあるんだ」

「なに？」

「いつかね」

いつか私たちが幸せな大人になったら、満開の桜の下で派手なのを一発やりましょう。子供の服の選び方とか、奥さんへの口のきき方とか、無駄遣いについてとか、そんなとびきりくだらないやつがいい。続く言葉は胸に秘めて、さくらはもう一度ビルの谷間で光る東京タワーへ目を向けた。

ふいに金色の輝きが夜の闇へと溶け消える。柊二はあれ、と素っ頓狂な声を上げた。

「消えた？」

「零時になったから。明日また点《つ》くよ」

「へえ」

東京タワーの明かりが消えた途端に、周囲の夜が一段深まった気がする。そろそろ部屋に入ろうか、とさくらは弟の薄い肩を叩いた。

二時間ぶりにスマホを確認すると、新しいメールを告げる封筒のマークがディスプレイに表示されていた。件名は『大西です。今日はありがとうございました』とあり、なぜか文末にかわいらしいひよこの絵文字が添えられている。

そういえば眉毛の太いいかつい外見に似合わず、ゆるキャラについて熱く語っていたから、実はかわいいものが好きなのかもしれない。さて、ＤＶ癖はあるかな、とくすぐったいような気分でメールを開く。本文には今日の礼と、次の休みに食事でも、とさっぱりとした誘いが綴られていた。

柊二がシャワーを使う水音が部屋に響いている。大西さんへの返信を終え、ローテーブルの上にのせたスノードームへ手を伸ばした。逆さにしたり転がしたりと華やかな春の結晶をもてあそび、やがてそれをベッド下の収納ボックスに放り込む。

ゴールデンウィークが終わる頃には、風はさらに暖かくなっているだろう。お弁当や飲み物の案内や、ワゴンの内容も変えていかなければならない。無意識のうちに作業手順を頭に浮かべながら、さくらはベランダ越しの月を見上げた。

夢幻の花は吹き散らされ、青々と光る枝葉がガラス製のドームを破って伸びていく。もうすぐこの部屋に、新しい季節がやってくる。

執筆にあたり方言のご指導を頂いた佐藤様、砂金様、小林様に、心よりお礼申し上げます。（著者）

参考文献・ホームページ

吉田兼彦『記憶の中の仙台――吉田兼彦・淡彩画集』河北新報出版センター

齋藤泉『またあなたから買いたい！　カリスマ新幹線アテンダントの一瞬で心をつかむ技術』徳間書店

茂木久美子『買わねぐていいんだ。』インフォレスト

環境省報道資料「平成23年10月10日災害廃棄物安全評価検討会・環境回復検討会 第1回合同検討会資料」
http://www.env.go.jp/press/file_view.php?serial=18437&hou_id=14327

福島県「福島県放射能測定マップ」
http://fukushima-radioactivity.jp/

独立行政法人放射線医学総合研究所「放射線被ばくの早見図」
http://www.nirs.go.jp/data/pdf/hayamizu/j/20130502.pdf

初出誌

モッコウバラのワンピース	「紡」Vol.10（2014 Winter）
からたち香る	「紡」Vol.12（2014 Summer）
菜の花の家	「月刊ジェイ・ノベル」2014年12月号
ハクモクレンが砕けるとき	「月刊ジェイ・ノベル」2015年2月号
桜の下で待っている	書き下ろし

彩瀬まる（あやせ・まる）
1986年千葉県生まれ。上智大学文学部卒業。2010年「花に眩む」で第9回「女による女のためのR-18文学賞」読者賞受賞。2012年、東日本大震災の被災記『暗い夜、星を数えて—3.11被災鉄道からの脱出』を発表。その他の著書に『あのひとは蜘蛛を潰せない』『骨を彩る』『神様のケーキを頬ばるまで』。心の襞に沁み込むような鮮やかな筆致が高く評価されている。

桜《さくら》の下《した》で待《ま》っている

2015年3月20日　初版第1刷発行

著　者／彩瀬まる
発行者／村山秀夫
発行所／株式会社実業之日本社
〒104-8233　東京都中央区京橋3-7-5　京橋スクエア
電話（編集）03-3562-2051　（販売）03-3535-4441
振替　00110-6-326
http://www.j-n.co.jp/

ＤＴＰ／株式会社ラッシュ
印刷所／大日本印刷株式会社
製本所／株式会社ブックアート

ISBN978-4-408-53664-4（文芸）